知识生产的原创基地
BASE FOR ORIGINAL CREATIVE CONTENT

颉腾商业
JIE TENG BUSINESS

向新而行

中国网络文学发展现状
（2023）

中国音像与数字出版协会 / 编著

中国广播影视出版社

图书在版编目（CIP）数据

向新而行：中国网络文学发展现状：2023 / 中国音像与数字出版协会编著 . -- 北京：中国广播影视出版社，2024.12. -- ISBN 978-7-5043-9313-5

Ⅰ. I207.999

中国国家版本馆 CIP 数据核字第 202471713Q 号

向新而行——中国网络文学发展现状（2023）
中国音像与数字出版协会　编著

出 版 人	纪宏巍
策　　划	颉腾文化
责任编辑	杨　扬
责任校对	张　哲
出版发行	中国广播影视出版社
电　　话	010-86093580　010-86093583
社　　址	北京市西城区真武庙二条 9 号
邮　　编	100045
网　　址	www.crtp.com.cn
电子信箱	crtp8@sina.com
经　　销	全国各地新华书店
印　　刷	文畅阁印刷有限公司
开　　本	710 毫米 × 1000 毫米　1/16
字　　数	142（千）字
印　　张	10.75
版　　次	2024 年 12 月第 1 版　2024 年 12 月第 1 次印刷
书　　号	ISBN 978-7-5043-9313-5
定　　价	89.00 元

（版权所有 翻印必究·印装有误 负责调换）

前言

近年来，中国网络文学蓬勃发展，成为一股向新而行的新兴文化力量。它既是我国网络文艺繁荣的推动者和原动力，又是广大人民群众精神文化生活的重要组成部分，也在世界范围内为传播中华文化作出了突出贡献。

中国网络文学的起点，学术界一般认为是1998年蔡智恒（痞子蔡）《第一次的亲密接触》的发表，也有学者提出是1996年8月"金庸客栈"的成立。虽未有定论，但其发展脉络与媒介的变革、互联网站的兴起再到付费机制的日益成熟紧密相关。随着移动互联网、智能终端以及4G通信技术的成熟，尤其是移动支付成为大众文化消费的主流支付方式之后，中国网络文学的发展迈入快车道。

准确把握中国网络文学的发展脉络，是实现行业高质量发展的前提。中国网络文学从早期的论坛社区发端，经历了PC专业网站和移动智能终端的多重磨炼和涅槃，在精品内容和业态模式的创新驱动下，正在迈向全IP生态创建时代，已成为新时代中国一种文化现象。当今的中国网络文学行业主要呈现以下四个方面的特征。

首先，网络文学作品内容精品化成为时代根本需求。 无论是在论坛时代还是PC网站和移动终端时代，在中国网络文学走向健康发展轨道的过程中,政策环境的优化完善起到了关键的保障作用。

2014年12月,国家新闻出版广电总局印发《关于推动网络文学健康发展的指导意见》(以下简称《意见》)。《意见》在肯定网络文学早期发展成就的同时,强调了以人民为中心的创作导向,提出了多项保障网络文学健康发展的措施。2019年11月,国务院发布的《新时代爱国主义教育实施纲要》提出大力开发并积极推介体现中华文化精髓、富有爱国主义气息的网络文学、动漫、有声读物、网络游戏等。2020年10月,中宣部印发《关于促进全民阅读工作的意见》提出了包括加大阅读内容引领、组织开展重点阅读活动、加强优质阅读内容供给、完善全民阅读基础设施和服务体系、提高数字化阅读质量和水平等全民阅读工作的重点任务。

2017年6月,国家新闻出版广电总局对外发布《网络文学出版服务单位社会效益评估试行办法》,明确提出对从事网络文学原创业务、提供网络文学阅读平台的网络文学出版服务单位进行社会效益评估考核,要求"社会效益优先",实现"双效合一"。2019年10月,国务院印发《新时代公民道德建设实施纲要》,强调要引导互联网企业和网民创作生产传播格调健康的网络文学、网络电影、网络剧、网络动漫、网络游戏等。2020年6月,国家新闻出版署发布《关于进一步加强网络文学出版管理的通知》,包括建立健全内容审核机制、严格规范登载发布行为、定期开展社会效益评价考核、加强评奖推选活动管理、进一步规范市场秩序、加强网络文学出版队伍建设、切实履行属地管理职责七个方面内容。

2015年4月,国家版权局印发《关于规范网络转载版权秩序的通知》,推动建立健全版权合作机制。2016年11月,国家版权局发布《关于加强网络文学作品版权管理的通知》,进一步明确了通过信息网络提供文学作品以及相关网络服务的网络服务商在版权管理方面的责任和义务。2017年2月,国家版权局发布《版权工作"十三五"规划》,要求持续开展"剑网行动",加强对网络文学、音乐、影视、游戏等重点领域的监测监管,并将App、网络云存储空间和网络销售平台纳入监管范围。

十余年来的行业发展规划指导、网络内容建设规范以及版权环境的持续治理为中国网络文学行业的内容精品化发展构建了良好的基础条件,对行业的持续健康发展起到了关键的引领作用。

其次,网络文学模式创新和业态变革不断演进。免费阅读模式在网络文学的发展早期是普遍现象和基本规则,但2003年起点中文网推出付费订阅模式后,逐渐在行业内得到认可和普及。2018年,以番茄阅读和七猫阅读为首的阅读App打破了原先的网络文学营收和服务格局,免费订阅模式再度兴起。

在移动互联网普及以及支付方式便捷化的影响下,采取免费模式的平台方将下沉市场的用户群体作为主要目标,在不排除付费订阅模式的情况下,通过商业广告的方式将付费行为从用户转嫁到广告主身上,平台方以广告变现为主要盈利渠道,配合"付费去广告"的商业模式实现盈利。同时,也有部分优质内容在更新阶段付费,完本后又可以在免费平台上获取二次收益。

另外,免费阅读平台还需要与盗版网站争夺用户流量。从逻辑上讲,比起盗版小说,付费意愿低的读者更愿意选择免费模式下的正版小说。免费模式能够将这一部分读者从盗版网站、贴吧等吸引过来,对网络文学行业的可持续发展具有重要意义。

由于固定时间内平台能够投放的广告时长是有限的,对免费阅读平台而言,利用大数据及算法优势精准投放用户喜爱的类型小说,从而延长用户在平台停留的时长正在成为网络文学平台运营的一个重要方面。同时,读者只有更多地点击广告甚至下载广告中的App,平台方能实现更好的盈利。然而这一阅读模式注定了平台方看重的是读者的流量而非真正的阅读行为,当作者的收入不再依靠读者而是与作品广告的点击量挂钩后，作者的注意力也从文学创作转向如何引流，导致作品质量良莠不齐。就这一角度而言，广告及流量逻辑后的免费阅读模式在未来发展中仍存在不确定性。

相比之下，付费平台关注的是用户的付费转化率和订阅率，虽说随着 IP 价值的开发，订阅能为平台带来的收入正在逐渐被压缩，但付费阅读是最初支撑起网络文学产业发展的关键要素，在阅读模式深度创新的当下，中国网络文学行业的业态持续变革已成为必然。

再次，网络文学 IP 全产业链生态构建深度发展。网络文学一直是我国网络文艺的先锋，并始终承担着其他相关文艺类型的改编源泉和指引。2023 年，以网络文学为原点，围绕有声、出版、动漫、影视、游戏、IP 商品和线下消费业态等环节，IP 全产业链生态的构建正在向纵深发展。

其中，有声和出版为第一级推动力，能够丰富阅读场景，以较轻量的方式为 IP 巩固、拓展粉丝；动漫、影视和游戏是第二级推动力，并为 IP 提供视觉基础，兼具"放大器"效应；IP 商品化和线下消费是第三级推动力，贯穿动漫、影视、游戏各类内容业态的衍生品开发，是当前及未来网络文学产业非常重要的探索方向：一是要持续支持网络文学平台积极探索新模式、新动力，为 IP 生态链的拓展提供良好环境，也为其多元转化提供对应的助力条件。二是强化 IP 运营能力，通过加强中台建设、联合决策、委员会等方式，坚决实行 IP "先规划、再开发"。三是加快构建 IP 转化视觉的能力，以动漫、影视、微短剧为突破口放大 IP 影响力，并提出布局 IP 商品化和线下消费业态，探索"新蓝海"。

最后，网络文学的海外传播体系建设持续推进。网络文学向世界呈现出一个拥有悠久历史，同时自信、现代的中国形象，越来越多的海外用户通过网络文学作品深入了解中国的人文精神和时代风貌。不少学者认为，网络文学"走出去"的本质还是文化交流，其为推动构建人类命运共同体发挥了重要作用。

2023 年 10 月，习近平总书记对宣传思想文化工作作出重要指示，提出"七个着力"的要求，其中一个重要内容就是"着力加强国际传播能力建设、促进文明交流互鉴"。作为新时代中国特色社会主义文化建设的一项重要内容，"着力加强国际传播能力建设、促进文明交流互鉴"对提高国家文化软实力、推动构建人类命运共同体，都有着极为重要的意义。

当前，以网络文学为代表的新文化形态正成为"促进文明交流互鉴"的重要载体。中国网络文学以其瑰丽的想象、精彩的故事、强烈的代入感，吸引了世界各地的读者。从实体书出版到爱好者自发翻译在线发布，从建立线上互动阅读平台到建立海外本土化发展生态，中国网络文学的全球影响力不断扩大，被认为是与美国好莱坞电影、日本动漫、韩国电视剧并称的"世界四大文化现象"。2023年，协会及其他机构的研究数据和分析也充分证明了我国网络文学在海外的发展情况。

多年来，中国音像与数字出版协会在促进网络文学行业健康发展、推动中国网络文学"走出去"等方面开展了多方面工作。依托主管部门每年一度举办的"中国数字阅读大会"（2022年开始纳入全民阅读大会一并举行）和中国"网络文学+"大会，协会组织相关研究力量，对我国网络文学行业发展情况进行梳理和总结，并据此向有关方面提出工作建议。为此，我们编辑出版了《2023年度中国网络文学发展报告》。同时，我们依托协会主办的《中国数字出版》杂志，汇集了本年度部分有关网络文学领域的研究性文章，力求全面、客观地反映2023年度我国网络文学行业发展情况及研究进展。

其中，《2023年度中国网络文学发展报告》为主报告，报告共分6个部分，分别从发展环境分析、产业发展现状、作品分析、作者分析、用户分析以及趋势与展望等方面对2023年度我国网络文学行业的总体情况进行了综合分析。报告的原始数据来源于全国41家网络文学平台的企业调研和近2.5万个有效的网络文学用户个人问卷，经过数据清洗和测算后得到相关分析结论。同时，为方便读者了解行业发展趋势，我们也将2022年中国网络文学发展基本情况收录进来。

同时，我们关注到广大研究者近期关于中国网络文学的研究成果颇丰，这些成果从另一个角度有效诠释了行业发展情况，本次收录的八篇研究性文章就是这一领域的佼佼者。在网络文学平台研究中，王一鸣、黄佳琪的《网络文学平台国内外作者培育制度对比研究——基于阅文集团的案例考察》通过对比起点中文网和起点国际的作者培育制度，提出完善海外作者培育制度，推动中国网络文学国际传播的战略构想；张窈、徐思懿的《网络文学平台对写手的管理策略研究——以晋江文学城为例》以晋江文学城为案例，运用网络民族志和深度访谈的质性研究方法，基于劳动过程理论深入探究了网络文学写手的创作环境与写作过程。在网络文学 IP 运营研究中，王亮、张王丽的《基于粉丝协同的网络文学 IP 全产业链开发路径与优化策略研究》剖析了阅文集团 IP 全产业链开发实践，结合全媒体时代粉丝角色变化情况，指出 IP 全产业链开发要兼顾文化价值与商业价值，引导粉丝参与开发以发挥联动效应；王佳佳、李世娟的《〈庆余年〉IP 运营策略分析》以《庆余年》为对象，聚焦网络文学 IP 运营策略与价值链架构。在其他研究中，李弘的《中国网络文学出版：现状、特征和价值分析——基于 2022 年我国网络文学相关数据》以 2022 年行业发展情况为基础，提出新时代我国网络文学行业的思想、文化、技术和商业价值是推动"双效统一"和高质量发展的重要保障；丑越豪、王梦颖的《产品层次理论视角下网络文学作品开发价值评估指标构建实践研究》以产品层次理论为框架，用层次分析方法提出网络文学作品开发价值评估指标体系；赵一洲的《我国网络文学版权生态治理的关键问题及对策刍议》提出我国网络文学应秉持"版权生态观"，从"版权分段保护"走向"版权综合治理"，按照内容生产、流通和消费的逻辑进路，寻求内容治理与版权治理联动互促，重视许可秩序和利益分配的调整，建立标准化作品数据管理流通体系等以实现版权生态的良性循环；李梦菲的《网络文学的媒介转型——从网络文学的"源起论争"说起》以网络文学的媒介转型为切入点，探讨其源起语境和发展动力，回答了

"作者概念在媒体中的变迁""网络文学的游戏逻辑"以及"传统文学的新时代继承"等问题。

面对新时代的网络文艺大潮，中国网络文学向阳而生、向新而行。我们相信，作为文化新现象和网络文艺生力军，中国网络文学将以更为磅礴的力量为文化强国和出版强国建设作出更大贡献！

编者

2024 年 11 月

目录

001 第一篇 2023年度中国网络文学发展报告

002 发展环境分析
012 产业发展现状
024 作品分析
030 作者分析
036 用户分析
041 趋势与展望

045 第二篇 专题研究——平台研究

046 网络文学平台国内外作者培育制度对比研究——基于阅文集团的案例考察

058 网络文学平台对写手的管理策略研究——以晋江文学城为例

| 075 | **第三篇　专题研究——IP研究** |

076　基于粉丝协同的网络文学IP全产业链开发路径
　　　与优化策略研究

090　《庆余年》IP运营策略分析

| 099 | **第四篇　专题研究——其他研究** |

100　中国网络文学出版：现状、特征和价值分析——
　　　基于2022年我国网络文学相关数据

115　产品层次理论视角下网络文学作品开发价值评
　　　估指标构建实践研究

132　我国网络文学版权生态治理的关键问题及对策
　　　刍议

147　网络文学的媒介转型——从网络文学的"源起
　　　论争"说起

第一篇

2023 年度中国网络文学发展报告

——《2023 年度中国网络文学发展报告》课题组

《2023年度中国网络文学发展报告》从发展环境分析、产业发展现状、作品分析、作者分析、用户分析以及发展趋势与展望等6个维度，对2023年度我国网络文学行业发展情况进行了全面梳理。从报告来看，我国网络文学行业内容生态日臻完善，IP全产业链要素更加活跃，业态模式持续创新。

发展环境分析

2023年是全面贯彻落实党的二十大精神的开局之年，是全面建设社会主义现代化国家开局起步的重要一年。这一年，中国网络文学迎来了蓬勃发展的第二十五个年头。[1] 25年来，中国网络文学由孱弱变得坚强，由青涩迈入成熟，由小众走向大众，凭借其旺盛的生命力、想象力和感染力，成为满足人民群众精神文化需求、推动社会主义文化建设的重要力量。

（一）国家政策环境

1. 习近平文化思想，引领网络文学前进方向

2023年，习近平文化思想为担负起新的文化使命提供了强大思想武器和科学行动指南。我国网络文学行业坚持以高质量发展为主题，努力以精品奉献人民。

2023年6月，习近平总书记在北京出席文化传承发展座谈会时强调，在新的起点上继续推动文化繁荣、建设文化强国、建设中华民族现

代文明，是我们在新时代新的文化使命。要在五千多年中华文明深厚基础上开辟和发展中国特色社会主义，把马克思主义基本原理同中国具体实际、同中华优秀传统文化相结合。要坚定文化自信，坚持走自己的路，立足中华民族伟大历史实践和当代实践，用中国道理总结好中国经验，把中国经验提升为中国理论，实现精神上的独立自主。要以守正创新的正气和锐气，赓续历史文脉、谱写当代华章。

2023年7月、9月和11月习近平总书记分别在江苏、浙江和上海等地考察时强调，要繁荣发展文化事业和文化产业，持续推进城乡公共文化服务标准化、均等化，扎实开展城乡精神文明创建，加强公民道德建设，推进书香社会建设，提高社会现代文明程度。

2023年9月，习近平总书记在黑龙江考察时首次提到新质生产力。2024年1月31日，习近平总书记在中共中央政治局第十一次集体学习时强调，必须牢记高质量发展是新时代的硬道理，全面贯彻新发展理念，把加快建设现代化经济体系、推进高水平科技自立自强、加快构建新发展格局、统筹推进深层次改革和高水平开放、统筹高质量发展和高水平安全等战略任务落实到位，完善推动高质量发展的考核评价体系，为推动高质量发展打牢基础。发展新质生产力是推动高质量发展的内在要求和重要着力点，必须继续做好创新这篇大文章，推动新质生产力加快发展。

2023年10月，习近平总书记对宣传思想文化工作作出重要指示指出，宣传思想文化工作事关党的前途命运，事关国家长治久安，事关民族凝聚力和向心力，是一项极端重要的工作。他强调，要坚持以新时代中国特色社会主义思想为指导，全面贯彻党的二十大精神，聚焦用党的创新理论武装全党、教育人民这个首要政治任务，围绕在新的历史起点上继续推动文化繁荣、建设文化强国、建设中华民族现代文明这一新的文化使命，坚定文化自信，秉持开放包容，坚持守正创新。本次会议正式提出和系统阐述了习近平文化思想，"九个坚持"高度概括了党对宣传思想工作的规律性认识，明确了文化建设方面的"十四个强调"，对宣传思想文化工作提出了"七个着力"的要求，明确了新时代文化建设的路线图和任务书，为做好新时代新征程宣传思想文化工作、担负起新的文化使命提供了强大思想武器和科学行动指南。

2. 数字中国建设，夯实网络文学发展基础

建设数字中国是数字时代推进中国式现代化的重要引擎，是构筑国家竞争新优势的有力支撑。加快数字中国建设，对全面建设社会主义现代化国家、全面推进中华民族伟大复兴具有重要意义和深远影响。网络文学，这一网络文化产品的重要形式，必将在数字中国建设的背景下有着更为广阔的发展空间。

2023年2月，中共中央、国务院印发《数字中国建设整体布局规划》（以下简称《规划》）指出，对数字文化建设作出顶层设计和战略安排。《规划》明确，数字中国建设要夯实数字基础设施和数据资源体系"两大基础"，推进数字技术与经济、政治、文化、社会、生态文明建设"五位一体"深度融合，强化数字技术创新体系和数字安全屏障"两大能力"，优化数字化发展国内国际"两个环境"。《规划》指出，要全面赋能经济社会发展，打造自信繁荣的数字文化。大力发展网络文化，加强优质网络文化产品供给，引导各类平台和广大网民创作生产积极健康、向上向善的网络文化产品。推进文化数字化发展，深入实施国家文化数字化战略，建设国家文化大数据体系，形成中华文化数据库。提升数字文化服务能力，打造若干综合性数字文化展示平台，加快发展新型文化企业、文化业态、文化消费模式。

9月，工业和信息化部、教育部等联合印发《元宇宙产业创新发展三年行动计划（2023—2025年）》（以下简称《行动计划》），旨在开辟数字经济的新场景、新应用、新生态，培育经济新动能。《行动计划》提出要丰富元宇宙产品供给，拓展元宇宙入口，创新数字人、虚拟空间开发工具组件，培育写作、绘画、编曲等智能内容生成产品。打造沉浸交互数字生活应用，推广沉浸交互的生活消费场景，打造虚实融合的公共服务场景。支持建设元宇宙重点实验室、制造业创新中心、内容制作基地等载体，加强基础技术研究，加快共性技术突破。

3. 网络综合治理，构建行业繁荣发展局面

近年来，相关部门加强网络治理，规范市场秩序，通过引导积极向上的网络内容传播，弘扬社会主义核心价值观，不断推动治理体系完善和治理能力提升，努力构建网络文学行业繁荣发展局面。

2023年3月，国务院新闻办公室发布《新时代的中国网络法治建设》白皮书。白皮书全面介绍了中国网络法治建设情况，分享了中国网络法治建设的经验做法。白皮书表示，在全面建设社会主义现代化国家新征程上，中国将始终坚持全面依法治国、依法治网的理念，推动互联网依法有序健康运行，以法治力量护航数字中国高质量发展，为网络强国建设提供坚实的法治保障。

7月，国家网信办联合发改委、教育部、科技部、工信部、公安部、国家广电总局公布《生成式人工智能服务管理暂行办法》（以下简称《办法》），旨在促进生成式人工智能健康发展和规范应用，维护国家安全和社会公共利益，保护公民、法人和其他组织的合法权益。《办法》融合了数据、算法、算力等诸多生成式人工智能要素，并明确对生成式人工智能服务实行包容、审慎和分类分级监管。《办法》鼓励生成式人工智能技术在各行业、各领域的创新应用，生成积极健康、向上向善的优质内容，探索优化应用场景，构建应用生态体系。支持行业组织、企业、教育和科研机构、公共文化机构、有关专业机构等在生成式人工智能技术创新、数据资源建设、转化应用、风险防范等方面开展协作。

9月，国务院发布《未成年人保护条例》，将坚持社会共治作为未成年人网络保护的重要要求，规定了有关政府部门和学校、家庭、行业组织、新闻媒体等各方主体的责任，明确了网络产品和服务提供者、个人信息处理者、智能终端产品制造者和销售者等的保护义务。同月，国家网信办发布《关于进一步加强网络侵权信息举报工作的指导意见》，明确网络侵权信息举报工作两大任务：一是切实保护公民个人网络合法权益；二是切实维护企业网络合法权益，优化网上营商环境，支持各类企业做大做优做强。

2023年，全国各级网信部门联合开展"清朗"系列专项行动，聚焦从严整治"自媒体"乱象、打击网络水军操纵信息内容、规范重点流量环节网络传播秩序、优化营商网络环境、保护企业合法权益、生活服务类平台信息内容整治、整治短视频信息内容导向不良问题、网络戾气整治九个重点方向。全年共约谈网站10 646家，责令453家网站暂停功能或更新，下架移动应用程序259款，关停小程序119款，会同电信主管部门取消违法网站许可或备案、关闭违法网站14 624家，督促相关网站平台依法依约关闭违法违规账号127 878个。[2]

2023年以来，国家版权局在加强版权日常监管的同时，会同相关部门相继组织开展了打击网络侵权盗版"剑网2023"、青少年版权保护季等专项整治行动，着力规范重点领域版权秩序，如以网络视频、网络新闻、有声读物为重点，强化版权细分领域版权监管，专项行动期间，共查办涉网侵权盗版案件1513件，关闭侵权盗版网站2390个，删除侵权盗版链接244万余条。

（二）经济社会环境

1. 中国经济回升向好，新动能新产业发展壮大

2023年，中国经济主要预期目标圆满实现，交出了一份成色好、分量足的成绩单。"稳"的基础不断夯实，"进"的力量持续积聚，中国经济充满活力韧性，长期向好的势头更趋明显。根据《中华人民共和国2023年国民经济和社会发展统计公报》显示，2023年我国国内生产总值超过126万亿元，比上年增长5.2%，中国综合国力和国际地位不断提高。

新动能新产业不断成长壮大，全年服务业增加值比上年增长5.8%，

其中信息传输、软件和信息技术服务业比上年增长9.3%；服务业生产指数同比增长8.5%，其中信息传输、软件和信息技术服务业生产指数增长13.8%。规模以上服务业中，战略性新兴服务业企业营业收入比上年增长7.7%。高技术产业投资比上年增长10.3%，制造业技术改造投资增长3.8%。电子商务交易额超过46.8万亿元，比上年增长9.4%。网上零售额超过15.4万亿元，比上年增长11.0%。全年新设经营主体3273万户，日均新设企业2.7万户。

我国数字经济规模从2014年的16.2万亿元，快速增长至2023年的约56.1万亿元，GDP占比也从25.1%升至44%左右[3]，数据基础制度建设步伐加快，上下联动、横向协同的全国数据工作体系初步形成。国家数据局发布《数字中国发展报告（2023年）》显示，2023年我国数字基础设施不断扩容提速，算力总规模达到230EFLOPS（Floating-point Operations Per Second，FLOPS），居全球第二位；先进技术、人工智能、5G/6G等关键核心技术不断取得突破，高性能计算持续处于全球第一梯队。数据要素市场日趋活跃，数据生产总量达32.85ZB，同比增长22.44%。数字经济作为国民经济"稳定器""加速器"的作用更加凸显。

2. 劳动力结构不断优化，社会保障能力不断增强

2023年，我国教育强国建设各项工作加快推进，高质量教育体系更加完善，教育、科技、人才统筹推进不断深化，教育为推进中国式现代化建设作出了新的贡献。当前，我国已建成世界最大规模的高等教育体系，高等教育毛入学率从2012年的30%提升到2023年的60.2%，实现了历史性跨越。《2023年全国教育事业发展统计公报》显示，我国高等教育在学总规模达4655万人，居世界第一位。新增劳动力平均受教育年限达到13.8年，劳动力素质结构发生了重大变化，为建设世界重要人才和创新高地提供了有力支撑。一年来，中国教育强国指数稳步上升，据测算，我国目前的教育强国指数居全球第21位，比2022年上升2位，是10年来进步最快的国家。[4]随着国家教育数字化战略行动的加速推进，我国数字化人力资源显著增强。根据欧盟数字经济与社会指数（DESI）扩展版本（I-DESI）中对全球约50个国家数字化人力资本的分析，我国近年排名提升，最新排名为第15位。

近10年来，我国社会保障体系建设进入快车道，建成具有鲜明中国特色、世界上覆盖人口规模最大、功能完备的社会保障体系，是社会保障改革力度最大、发展速度最快的时期。经过多年稳定发展，我国已建成世界规模最大的养老保险体系，建立职工养老保险和城乡居民养老保险两大制度平台，目前实现了对法定人群的制度全覆盖。截至2023年底，全国基本养老、失业、工伤保险参保人数分别为10.66亿人、2.44亿人、3.02亿人，同比增加1336万人、566万人、1054万人，其中工伤保险参保人数首次突破3亿人。社会保障卡持卡人数13.79亿人，覆盖97.4%人口。2023年，社会保障能力持续增强，社保基金运行总体平稳，基金管理不断加强，各项社会保险待遇按时足额发放。全年三项社会保险基金收入7.92万亿元，支出7.09万亿元，年底累计结余8.24万亿元，基金运行总体平稳。[5]

3. 居民收入继续增加，服务型消费加速扩容

2023年，全年全国居民人均可支配收入39 218元，比上年增长6.1%，按常住地分，城镇居民人均可支配收入51 821元，比上年增长4.8%；农村居民人均可支配收入21 691元，比上年增长7.6%。全国居民人均可支配收入33 036元，比上年增长5.3%。[6]这些数据表明，2023年，我国居民的整体收入水平有了一定程度的提高，虽然城乡之间的收入差距依然存在，但农村居民的人均可支配收入增速超过了城镇居民，城乡之间的收入差距正在逐步缩小。此外，城乡融合和区域协调发展步伐稳健，本年度全国常住人口城镇化率为66.16%，比上年提高0.94个百分点，更多的农村人口融入城市生活，社会均衡发展的基础进一步增强。

2023年，我国人均消费支出进一步增加，消费结构在修复中形成升级态势，服务型消费比重回升。国家统计局数据显示，全国居民人均消费支出26 796元，比上年增长9.0%。按常住地分，城镇居民人均消费支出32 994元，增长8.3%；农村居民人均消费支出18 175元，增长9.2%。在消费支出中，人均服务性消费支出12 114元，比上年增长14.4%，占居民人均消费支出比重为45.2%，呈现较快增长态势。2023年，最终消费支出对经济增长贡献率达到82.5%，比2013年提升32.3个百分点，成为拉动经济增长的第一动力。其中线下消费、接触式消费较快反弹，服务型消费比重止跌回升；城乡、区域服务型消费差距有所缩小。未来，伴随人口老龄化带来养老服务需求、"以旧换新"带来服务型消费增量、数字经济发展催生服务型消费新业态、户籍人口城镇化激发服务型消费潜力等，我国服务型消费仍有巨大升级空间和增长潜力。

（三）文化科技环境

1. 文化产业蓬勃发展，新质生产力加快形成

2023年，我国文化企业实现营业收入129 515亿元，比上年增长8.2%，发展势头良好。其中，文化核心领域的营业收入增长明显，达到83 978亿元，比上年增长12.2%，对全部规模以上文化企业营业收入增长的贡献率为93.3%，在整个文化产业中扮演着极其重要的角色。文化服务业实现营业收入67 739亿元，比上年增长14.1%，增速明显快于全国规模以上服务业企业整体水平，对全部规模以上文化企业营业收入增长的贡献率为85.4%。这从侧面反映出文化产业的持续创新和发展，以及人们对高质量文化产品的旺盛需求。

2023年，我国文化产业不断以新质生产力推进业态创新和转型升级，文化新业态特征较为明显的16个行业小类实现营业收入52 395亿元，比上年增长15.3%，高于全部规模以上文化企业7.1个百分点。其中，可穿戴智能文化设备制造、数字出版、多媒体游戏动漫和数字出版软件开发、互联网搜索服务、娱乐用智能无人飞行器制造、互联网其他信息服务6个行业小类营业收入继续保持两位数增长，分别为24.0%、21.6%、19.4%、19.3%、17.9%、16.5%，数智化创新动能强劲。文化新业态行业对全部规模以上文化企业营业收入增长的贡献率达到70.9%，对文化产业的可持续发展起到了关键性的推动作用。

2. 文化消费释放活力，数字阅读影响深远

随着经济发展和居民收入的提高，我国居民文化消费需求得到持续释放，消费意愿和消费能力进一步增强，文化娱乐休闲服务行业全面复苏并显著增长。2023年，文化娱乐休闲服务行业实现营业收入1758亿元，由上年下降14.7%转为增长63.2%，两年平均增长18.0%。其中，居民人均教育文化娱乐消费支出2904元，同比增长17.6%，占当年人均消费支出比重的10.8%，比当年度居民人均消费支出高8.6个百分点，文化娱乐消费在居民消费结构中的重要性日益凸显，发展潜力巨大，市场空间广阔。

第53次《中国互联网络发展状况统计报告》显示，截至2023年12月底，我国网民规模达10.92亿人，较2022年12月增长2480万人，互联网普及率达77.5%。中国音像与数字出版协会发布的《2023年度中国数字阅读报告》显示，2023年我国数字阅读市场总体营收规模为567.02亿元，相较2022年的463.52亿元增长了22.33%，发展势头依然良好。2023年我国数字阅读用户规模为5.70亿，较2022年的5.30亿增长了约4000万，增长率为7.53%，占全部网民规模首次超过50%，达到52.19%。《第二十一次全国国民阅读调查报告》显示：2023年，有78.3%的成年国民进行过手机阅读，较2022年的77.8%增长了0.5个百分点；36.3%的成年国民通过听书方式阅读，高于

2022年的35.5%；4.4%的成年国民通过视频讲书的方式进行阅读，人均每天各类数字阅读时长超过3小时。数字阅读已经从一种新兴阅读方式成长为主流阅读方式，成为人们获取知识、增长智慧的重要方式，发展潜力巨大。

3. 人工智能实现突破，文化与科技深度融合

伴随信息技术、移动通信技术的广泛普及，终端技术的频繁迭代，大数据、人工智能、物联网技术的发展与应用让人类社会步入智能时代，智能革命一次又一次颠覆人们的认知，把想象化为现实。2023年，生成式人工智能无疑成为互联网行业最主要的发展热点。

在文字生成方面，生成式人工智能能够生成高质量的文本内容，包括文章、故事、诗歌等，在文学创作、智能客服、智能写作等领域展现出巨大潜力。在图像生成与处理方面，人工智能系统能够生成逼真的图像内容，进行图像修复和图像风格转换等操作，不仅为艺术创作和设计领域，还为医学影像处理、视频编辑等领域提供更多可能性。在音视频创作方面，人工智能系统不仅能够生成优质的音乐作品，还可以模仿特定音乐风格或音乐家的风格进行创作，也可以根据文字描述生成动画视频，为影视制作、游戏开发、广告营销等领域提供广阔发展空间。这些强大的应用潜能，吸引了即时通信、搜索引擎、在线教育、无人驾驶等多个领域的企业积极投入技术力量进行研发。文心一言（已于2024年9月升级为"文小言"）、通义千问、讯飞星火等国产大模型产品不断涌现，在智能芯片、开发框架、通用大模型等多个领域实现创新。

近年来，以数字化、网络化、智能化为主要特征的文化新业态快速发展，深刻改变了文化的生产、传播和消费方式，已逐步成为我国文化产业发展的新增长点。以数字产品、数字艺术、云旅游、沉浸式体验等为核心的产业正在实现文化与科技的全面融合；数字创意、网络视听、数字出版、数字娱乐、云演艺等产业，不断挖掘中华优秀传统文化资源，开发系列数字化国风国潮文创产品，推动虚拟现实、人工智能、大数据、5G等新科技在文化新业态中的运用；智能终端、体感装置、高清显示屏等数字文化装备不断衍生，产业链条持续扩大，对文化产业发展具有巨大的带动作用。截至目前，科技部、中宣部会同相关部门分别于2012年、2013年、2019年、2021年、2024年分五批共认定了107家国家文化和科技融合示范基地，其中集聚类基地50家，单体类基地57家，基本形成了以文化为内容核心、以科技创新为重要支撑、文化科技深度融合的产业业态，重点聚焦于文化大数据、公共服务、数字出版、文化装备制造、媒体融合、文旅综合服务等方向，构建了集聚类基地服务地方产业发展与实体经济、单体类基地服务行业技术研发与集成应用的全方位、多层次、开放式创新发展格局，有力增强了文化领域的科技应用和自主创新能力。

产业发展现状

作为发展网络文化、推进文化数字化发展、提升数字文化服务能力的重要力量，我国网络文学行业结构进一步优化，营收规模稳步增长，业态模式持续创新，消费需求扩容升级，海外布局不断深化。

（一）2023年整体情况

近年来，网络文学在经历了爆发式增长之后，整体规模在网民人口红利释放趋于饱和的情况下，逐步进入了提质增效的高质量发展阶段。2023年，网络文学行业整体更加注重内容质量的提升，持续深入挖掘用户需求，深耕细作精品IP的生态体系建设，积极探索网文出海新模式，以提升整体生产效率和内容供给质量，寻求"出海"新突破。

1. 产业规模持续增长，融合发展激发创新活力

经中国音像与数字出版协会数据测算，2023 年我国网络文学市场营收规模持续扩大，达到 383.0 亿元，较 2022 年的 317.8 亿元增长了 65.2 亿元，同比增长 20.52%，高于全国规模以上文化及相关产业企业中文化新业态特征较为明显的 16 个行业小类的整体 15.3% 的营收增长率和 12.2% 的文化核心领域营收增长率，具体如图 1-1 所示。[7]

图 1-1　2017—2023 年中国网络文学市场营收规模

2021 年以后，我国网络文学行业又恢复了高速增长的基本发展态势，从 2017 年的 129.2 亿元到 2023 年的 383.0 亿元，实现了跨越式的规模扩张，营收规模翻了近 3 倍，累计增长率达 196.4%，年均复合增长率达到 19.86%。从图 1-1 中也可以看到，网络文学市场的增长与数字阅读市场的增长保持一致，其发展对数字阅读市场依然起到了非常明显的支撑和拉动作用。

2023 年，网络文学行业整体市场环境持续优化、政策保障持续完善、产品类型持续丰富、商业模式持续创新，产业高质量发展有了良好的开端。网络文学行业正在积极探索由规模增长向质量增长的转型升级实现路径，在一系列有效举措的推动下，网络文学市场焕发出许多新生机和新活力。一方面，各大网络文学平台更加注重精品内容的挖掘和培育，持续深耕内容资源，IP融合化、类型融合化和要素融合化等新式写作在持续拓展市场规模，并逐渐获得用户群体认可，内容开始出现创造性转化的趋势。另一方面，短视频、有声阅读的市场规模持续扩张，并在呈现形式、内容自组织等方面积极创新，在稳固用户基础的同时，新类型小说发展迅猛，网络文学通过包括以短视频转化在内的多元形式找到了扩大规模和提升影响力的方法。[8]

2. 营收呈现结构调整，广告板块维持高速增长

2023年网络文学的主要收入以订阅收入、广告收入和版权收入为主。相较往年，广告收入增幅较大，订阅和版权收入均有所收缩。根据中国音像与数字出版协会数据测算，2023年网络文学市场的订阅收入、版权收入和广告收入分别为143.16亿元、68.17亿元和154.08亿元，另有其他收入17.59亿元，分别占总收入的37.38%、17.80%、40.23%和4.59%，具体如表1-1所示。

表1-1 2023年中国网络文学市场营收结构及占比情况

收入类型	收入规模（亿元）	占比（%）
订阅收入	143.16	37.38
版权收入	68.17	17.80
广告收入	154.08	40.23
其他收入（含硬件等）	17.59	4.59
总计	383.00	100

与2022年各营收结构数据相比，只有广告收入和其他收入实现了增长，即分别增长了63.43亿元和4.91亿元，增长率分别为69.97%

和38.26%；而订阅收入和版权收入则略有减少，较2022年分别减少0.98亿元和2.12亿元，具体如图1-2所示。从各个收入板块在网络文学市场整体规模增长占比来看，行业整体规模仍然以订阅收入、版权收入和广告收入为主，但是广告收入的增长和占比对行业发展起到了极大的拉动作用。

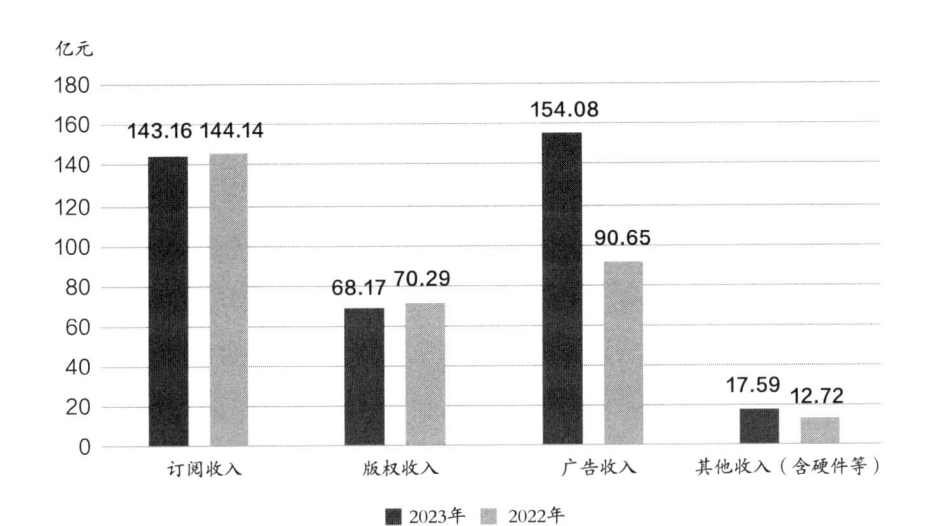

图1-2 2022—2023年各板块收入规模情况

结合历年数据和图1-2、图1-3所示，2023年，广告收入增长最为明显，且占总收入的比例超过了订阅收入，成为推动我国网络文学市场营收增长的主要力量，可以看到以第三方付费为主的广告模式对网络文学用户的吸引力显著增强，用户已经习惯通过广告植入方式获得网络文学作品，广告及其他收入已成为网络文学市场的重要收入来源。虽然订阅收入和版权收入略有下降，但仍然保持了较为稳定的体量，网络文学行业整体营收结构基本稳固。另外，值得注意的是在其他收入板块中，部分微短剧收入转化，以及一些其他IP改编、硬件等收入也成为网络文学行业的新增长点，对行业未来整体营收带来的影响值得关注。

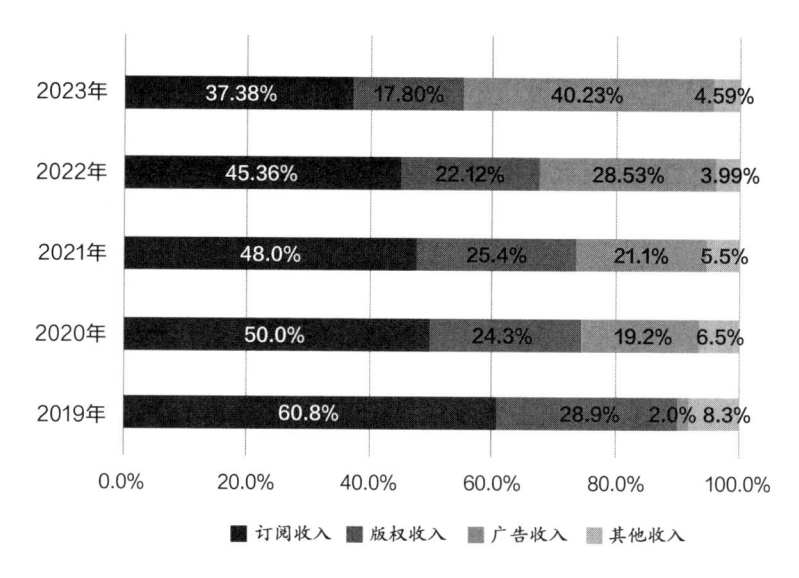

年份	订阅收入	版权收入	广告收入	其他收入
2023年	37.38%	17.80%	40.23%	4.59%
2022年	45.36%	22.12%	28.53%	3.99%
2021年	48.0%	25.4%	21.1%	5.5%
2020年	50.0%	24.3%	19.2%	6.5%
2019年	60.8%	28.9%	2.0%	8.3%

图 1-3　2019—2023 年中国网络文学行业营收结构占比情况

3. 网文出海市场持续稳固，运营模式开拓创新

经过二十多年的"扬帆出海"，我国网络文学已成长为世界文化融合的示范领域，向世界传播中国故事，在全球发展势头强劲，展现出了独特的文化"出海"逻辑。党的二十大报告指出，要加快构建中国话语和中国叙事体系，讲好中国故事、传播好中国声音，展现可信、可爱、可敬的中国形象。当前，中国对世界的影响之深远、世界对中国的关注之高前所未有，软实力成为影响我国国际地位提升的重要因素，这也为网络文学产业"走出去"提供了根本遵循和指引。

根据中国音像与数字出版协会数据测算，2023 年，我国网络文学行业出海总规模保持增长态势，海外市场营收规模达到 43.50 亿元，同比增长 7.06%，相较 2022 年，增速有所放缓，具体如图 1-4 所示。

网文出海规模的持续增长，一方面是因为大量优秀的网络文学作品通过翻译、直接输出、IP 开发等方式，成功吸引了全球读者的目光；另一方面，网络文学作品的题材日趋多样，从仙侠玄幻、都市言情到游戏竞技，不同类型的作品满足了不同国家和地区读者的阅读需求。此外，中国网络文学出海的产业生态日渐完善，网络文学平台、专业翻译团队、海外作家、海外推广机构等深度合作，推动网络文学规模化发展。

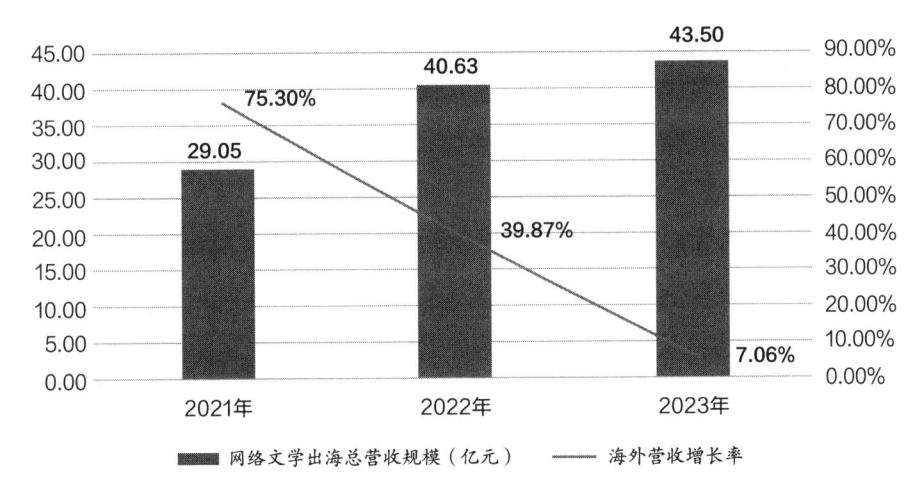

图 1-4　2021—2023 年中国网络文学出海营收规模和增长率基本情况

同时我们也应看到，2021—2023 年，网络文学海外营收分别增长 75.30%、39.87% 和 7.06%，增幅逐年收窄。这表明，网络文学出海已由快速成长期逐渐步入稳定发展期，这需要网络文学企业密切关注海外市场动态和用户需求变化，在海外生态建构、内容更新速度、原创内容吸引、先进技术应用及营销策略等方面不断创新、持续发力。

近年来，我国网络文学出海规模持续扩大，出海作品数量、IP 改编、IP 输出形式等方面都取得较大进展，不仅保持了良好的发展势头，运营模式也在持续深化，国际合作方式方法日趋成熟。在政策的支持和业界的积极探索下，网络文学行业出海也呈现出许多新趋势、新特点。一方面，以 AIGC 为代表的新科技革命正在对网络文学行业产生深远影响，为行业发展带来新机遇。各大网络文学平台积极加大 AIGC 技术的布局，持续升级人机配合的 AI 翻译模式。在 AI 助力下，网文的翻译效率提升近百倍，成本降低超九成。在技术的加持下，也能持续激励网络文学平台不断提升创新能力，以增强网文出海的生命力。另一方面，以微短剧为代表的网络文学 IP 作品出海以及网文 IP 输出形式的多样，成为网文平台高度关注和扶持的发展方向。再结合 Sora 这类文生视频技术的出现，也可显著提高网络文学视听转化的效率，降低某些类型作品的拍摄难度，为网络文学的视听转化创造新的发展机遇。

（二）年度特征分析

1. 持续深耕现实题材作品，多元融合赋能内容创新

伴随社会认可和政策扶持力度在网络文学领域的持续增强，网络文学平台在内容方面不断探索和创新，高质量内容持续产出，类型化产品市场占有率持续扩大。

近年来，现实题材已经逐渐成为推动网络文学转型升级的新引擎，关注时代、关注社会、关注民生的网络文学创作蔚然成风，并且获得了社会和政府部门的广泛认可。2023 年除中宣部和中国作家协会等官方权威机构专门发布"优秀现实题材网络文学出版工程入选作品""中国网络文学影响力榜（2022 年度）""2023 优秀网络文艺作品年展""新时代十年百部""网络文学青春榜"等网络文学榜单之外，一些传统奖项如中华文学基金会"茅盾新人奖"、中国小说学会"2023 年度中国好小说""百花文学奖""天马文学奖"等也都增设网络文学分类，爱潜水的乌贼、骁骑校等多位作家携作品登榜获奖。在这样的背景下，越来越多的网络作家积极向现实题材靠拢，探索书写现实新路径。在平台和作者的努力下，现实题材作品类型更趋成熟。精品意识持续增强，还呈现出与传统文学融合的新趋势。

此外，融合要素的内容产品也渐成气候，尤其是文化自信、强国叙事成为网络文学创作新趋势。2023 年 6 月，习近平总书记在文化传承发展座谈会上发表重要讲话，指出要有效地推动中华优秀传统文化创造性转化、创新性发展，更有力地推进中国特色社会主义文化建设，建设

中华民族现代文明。越来越多的作者开始关注既根植于中华优秀传统文化，也借鉴和融入世界各地的历史文化的创作理念。同时，历史、现实、科幻等多种题材元素也实现了创新结合，这些内容迅速占领了市场。例如，一大批非遗与科幻、玄幻等相关题材融合作品，掀起新一轮传统文化热。我国网络文学行业纷纷践行中华优秀传统文化创造性转化和创新性发展，探索"第二个结合"有效路径，持续推出多元素、多题材融合的内容产品，这样的"元素融合"写作形成年度风尚。

2. 技术深度赋能产品创新，用户群体得到进一步拓展

我国网络文学行业在经历了爆发式增长的阶段后，整体产业都处于高质量发展的转型升级阶段。尤其是伴随新兴技术的深度赋能，内容产品的新形态、新业态层出不穷，用户群体也得到进一步的挖掘和开发。

伴随 ChatGPT 引发大众关于 AIGC 应用的热议，AIGC 与网络文学业务如何更好地结合成为行业广泛关注的热点问题。利用生成式人工智能技术，对动漫、网络文学作品等进行创新改编和开发衍生产品，赋予内容 IP 衍生的增值服务；借助新技术工具的流程化和流水线作业特点，拓展内容呈现和体验场景（和实体融合，包括文化场馆、景区展馆、商业街区、文创汇演和游戏空间），并联合云算力平台和大模型，以及终端硬件（平板电脑、手机、智慧屏、穿戴设备）的创新能力，形成独特的文化阅读体验，助力整个行业发展。各个网络文学平台针对该技术融合开展了一系列实践，七猫、中文在线、掌阅与"文心一言"达成合作；阅文发布国内网络文学行业首个大模型"阅文妙笔"和基于该模型的应用产品"作家助手妙笔版"，为作家提供世界观设定、角色设定、情景描写和打斗描写等创作辅助；掌阅科技发布对话式 AI 应用"阅爱聊"，等等。网络文学更依赖情节设定，AIGC 能在何种程度上构建故事、能否在创作中还原人类情感逻辑等话题引发热议，套路化写作存在"替代危机"，网络作家不断创新的意识被有效激发。

此外，伴随有声书、微短剧、新类型小说等产品的规模扩大、数量增加，市场覆盖能力持续加强，网络文学用户群体得到深度挖掘，互联网人口红利得到进一步释放，网络文学用户规模也找到了新的增长路径。据此，各网络文学平台在技术革新和产品研发上，还十分注重针对不同年龄群体的定制化服务，并取得显著成效。一方面，银发经济成为2023年的新增长点。银发群体的网络文学消费能力、消费意愿都在大幅提升。该群体在内容消费上，正在掀起一股新浪潮，不仅资讯、短视频等领域备受欢迎，知识服务、网络文学等相关平台也相继成为该群体的关注热点。另一方面，Z世代的阅读习惯也得到深度挖掘，阅读方式发生了值得关注的变化。一边看书一边评论所打造的"社交共读"的场景，也充分激发了年轻人对网络文学关注的热情。

3. IP多样转化成效显著，行业生态共治持续推进

2023年，网络文学IP转化呈现多头并进的局面。一是微短剧呈爆发式增长，发展迅猛。网络文学给以重生、逆袭、穿越等"爽点"为主要内容的微短剧提供了重要的改编资源，微短剧则成为释放网文IP价值的新方向。很多拥有原创网文作品的网文企业或者平台在微短剧的新风口中实现了平台价值和营收规模的跨越式增长。二是网文IP持续深耕原创剧集、文学改编、漫改等多种产业转化路径。《狂飙》《繁花》《长相思》《莲花楼》《长夜烬明》等IP有力带动影视收视率和网络文学原创作品的共赢，影视转化的效应得到持续释放。三是动漫、科幻也成为IP增长的重要支撑力量。长线化持续输出作为网文改编动漫的重要特征，推动年番动漫为主流视频平台稳定贡献热度与营收，持续强化市场反馈和粉丝黏性闭环。

与此同时，政府主管部门和各大网络文学平台也在积极推动产业生态共治，并取得良好成效。随着网络文学市场的不断发展，整个行业逐渐走向成熟和规范。2023年，网络文学版权治理迈入"政府主导、行业

自律、技术赋能、大众参与"的生态共治阶段，多部门联合展开了声势浩大的打击盗版行动，把反盗版推向新高度。国家版权局、工业和信息化部、公安部、国家互联网信息办公室四部门联合启动"剑网2023"打击网络侵权盗版专项行动，这是全国持续开展的第19次打击网络侵权盗版专项行动。本次专项行动重点深入开展对重点视频网站和App的版权监管工作，整治短视频侵权行为，加强对知识分享、有声读物平台及各类智能终端的版权监管，着力整治未经授权网络传播他人文字、口述等作品的行为，共同构建打击网络侵权盗版社会共治格局。各大网文头部平台积极探索和提升新技术的应用，融合多方力量，探索版权治理的中国方案，网文市场从野蛮生长逐渐走向正轨。多家网络文学平台全面加强整治处理各类事件，对侵权行为予以坚决打击，建立反盗版作家、行业伙伴在内的统一战线，对盗版平台、搜索引擎、应用市场中的侵权行为进行重点打击，通过综合运用AI、大数据等技术手段，在解决自动化批量盗版问题上取得了重大进展，屏蔽和拦截盗版访问链接，精准处置了一大批盗版案件。在政府管理部门对网络文学的监管力度加强、平台自审自查力度加大和行业规范逐步完善的共同治理下，网络文学市场更加健康和有序，为创作者和读者提供了更加安全和可靠的环境。

（三）存在的不足和问题

2023年，我国网络文学产业发展虽然取得了许多成绩，但有关内容产品质量、作者队伍建设、网络文学评论、技术理性回归、数据资产规范、版权保护体系以及长效监管机制等方面的不足和缺陷还不同程度地存在于我国网络文学行业的各个环节，值得全行业高度重视。

1. 内容产品质量仍需提升，作者培育机制有待强化

我国网络文学行业经历了较长一段时期的粗放式发展，导致的一个主要问题就是许多未经许可的内容发布平台同质化倾向凸显，优质精品内容匮乏，有些平台为了追求点击量，甚至为传播虚假、低俗和盗版内容提供展示的平台和渠道。由于网络文学的类型基本稳固和成熟，因此内容在叙事结构、节奏套路的思维定式上有些固化，每有创新产品出现，短期内跟风作品便一拥而上。即使是在当前网络文学类型已经呈现较强的多元化发展结构背景下，海量的网络文学作品仍然存在同质化现象。另外，许多现实题材作品的作者，更加追求写作手法和素材选取的质量，往往会忽略情节设计、表达方式等方面的赋能，因此也会出现质量参差不齐的情况。一些科幻题材的作品内容天马行空，缺乏科学精神、科学意识、科学知识，与科学常理相悖，缺乏科学支撑，导致质量不高。

这些现象，一方面是各网络文学平台没有履行好引导、监督的责任，另一方面也是缺乏优质的作者队伍，需要更加完善作者培育机制。例如，当前网络文学平台的福利保障制度仅对日更字数、月更字数、断更天数等提出了要求，导致网络作家为了达标而不断加快更新速度、刻意增长作品篇幅，客观上催生了"虚假更新"等不良现象。网络文学平台采用的是以 VIP 订阅为主的付费阅读的商业模式，字数成为网络文学作者获得稿酬的标准，这就导致长篇作品占据主流市场，作品多样性严重不足。

2. 技术升级仍需回归理性，数据资产缺乏标准规范

网络文学自身就是互联网时代的产物，因此也与技术的升级有着天然的紧密联系。各网络文学平台都非常关注技术的进展和应用，尤其是生成式人工智能在产业深度融合上的实现，让网络文学产业掀起新的热度。但是网络文学作为文化产业，还具有文学价值的重要属性。技术赋能文学创作会导致人的价值的弱化。虽然现阶段人工智能在网络文学内容生产中的创作质量有待提高，但是不可否认它作为新生事物的合理性和对文化内容生产的辅助性。我们仍然应该清醒地认识到，在人工智能时代，工具的有效性不能排斥"价值理性"对人文世界的关怀，科技的胜利不能造成人文价值的失落。在崇尚科技带来网络文学的创作方式改变的同时，更应该"深入词语和生存现场"，探寻人在文学创作活动中的主体性地位，以价值理性引领工具理性的发展。同时，各网络文学平台也要回归投资理性，尤其是对新业态、新模式的投入还需做好科学评估，推动企业健康有序发展。

网络文学处于全面数据化的网络空间，因此对数据进行规范也是当前产业发展面临的主要问题。特别是数据要素的重要性已经上升为国家战略高度，成为继土地、劳动力、资本、技术之后的"第五大关键生产要素"，是驱动数字经济发展的新引擎。从国家到地方相继发布"数据二十条"及相关管理办法，陆续成立数据管理机构。因此，网络文学行业数据规范治理工作已迫在眉睫。当前，各网络文学平台还未形成统一的相关数据规范标准，没有搭建数据管理的治理体系，也没有针对数据资产入表、数据跨境流动等出台相应的具体举措，这将是产业未来需要重点解决的问题。

3. 新业态新模式跟进不足，完善长效监督监管机制

网络文学健康、快速发展的同时，以短视频、有声书为代表的网络文学产业相关业务不断扩大市场占有量，其规模将与网络文学本身的内容产品齐头并进。在对新技术、新观念的理解过程中，企业对内容质量的重视程度不高。例如，不同的微短剧之间往往采用高度相似的人设和叙事套路，导致市场上的微短剧作品千篇一律，缺乏个性和创意，甚至存在一味追逐低俗剧情、恶俗审美，宣扬不正当价值观的投机行为。因此，对这些新业态、新模式的跟踪，从政府层面到企业层面都需要开展深入研究，及时跟进技术和产业发展进展，对不良现象能够及时发现、及时解决。

随着国家层面对侵权盗版行为的重拳出击、各企业在维权方面的努力，以及整个文化创意产业正版化意识的提升，各大型平台方的侵权状况有所收敛。但由于缺乏有效的审核监管措施，众多小网站、资源站侵权盗版情况猖獗，行业整体情况依旧严峻。不正当宣传行为、广告联盟产业灰色链条、衍生品侵权及手打团"秒盗"等现象层出不穷。对新模式、新技术、新业态的跟踪不足，也导致相关规范推出不及时，监管行为不到位，从而引发产业发展过程中出现了许多不良现象。

作品分析

网络文学作为数字化时代的重要文化产物，承载着大众文学创作热情的释放和对优质原创文学作品的期待，对社会价值观引导、传统文化传承创新、文学产业繁荣发展和文化交流传播起着重要作用。本节将从网络文学作品规模、题材分布、IP转化和海外传播等多个角度对2023年网络文学作品进行全面分析，以期对网络文学领域的发展有更清晰的认识和把握。

（一）作品规模持续扩大，创作活力显著增强

中国音像与数字出版协会的数据显示，截至2023年底，中国网络文学作品规模达到3786.46万部，占数字阅读（含有声）作品总规模（5933.13万部）的63.8%，这充分体现出网络文学在数字阅读产业中的重要地位。2019—2023年中国网络文学作品规模及增长率如图1-5所示。

在2019—2023年的5年间，网络文学的创作活力不断增强，作品总量增加了1196.36万部，增长率高达46%，这充分展现出网络文学

作为一种新兴文化形式，以其独特的创作方式、丰富的题材类型、便捷的传播渠道，以及较高的互动性和社交性，在当今数字时代具有的强大生命力和广泛影响力。与上年度相比，2023年网络文学作品规模增长327.62万部，增长率约为9.47%，较上年度7.93%的增长率上升了1.54个百分点。这一变化表明网络文学行业依然处于蓬勃发展阶段，作品创作活跃度显著增强，越来越多的作者投入网络文学的创作，为市场提供了更多元化、高质量的作品。可见，推动作品质量的有效提升和作品数量的合理增长始终是行业高质量发展的必然要求。

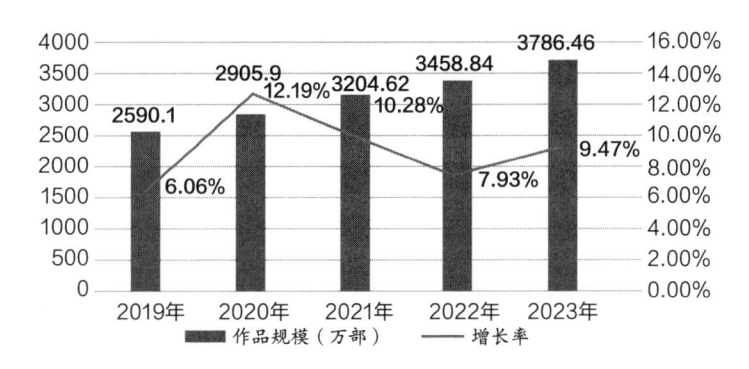

图1-5 2019—2023年中国网络文学作品规模及增长率

（二）传统题材地位稳固，新型作品不断涌现

2023年，网络文学作品题材类型排名前三位的依然是古言现言、都市职场、玄幻奇幻，占全部作品题材的比例分别为24.19%、19.29%、13.05%，合计占网络文学市场近六成的份额（56.53%），具体如图1-6所示。排名前三位的题材与2022年完全相同，说明这些题材类型深受读者喜爱，具有广泛的受众基础。这可能是因为他们能够触及不同读者的兴趣和需求，无论是追求历史与现代交织的浪漫情感，还是寻求现实

生活体验的真实与变化，或是沉浸在玄幻奇幻世界的新奇冒险，都能在这些作品中找到共鸣。

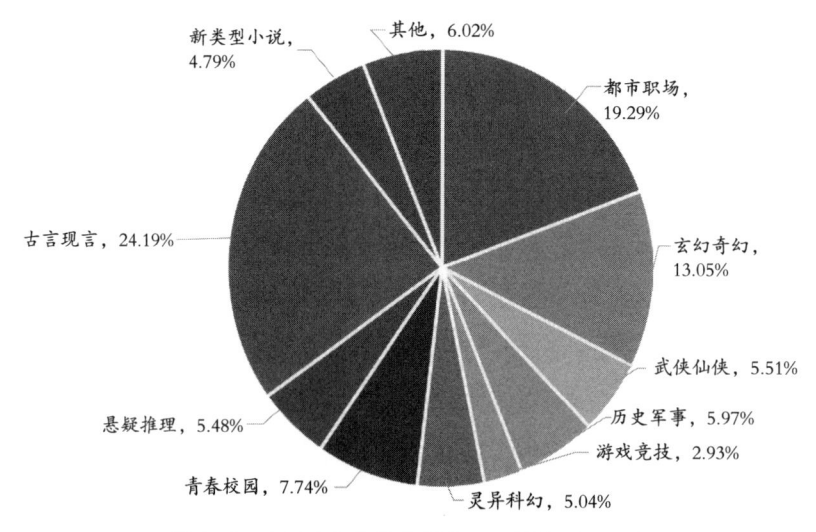

图 1-6　2023 年网络文学作品题材类型及占比

2023 年，其他各类型小说的占比已达到了 6.02%，作品规模达到 228 万部，数量可观。这些作品的涌现，也体现了文化多样性和创新性的提升，文化产业发展和社会变迁的趋势，以及读者对新颖独特内容的强烈需求。

2020—2023 年网络文学 TOP5 题材类型及占比见表 1-2。从连续 4 年的数据可以看出，网络文学题材类型排名每年可能略有调整，但总体保持稳定，TOP5 题材类型占比也基本维持在 70% 左右。这说明读者的口味和兴趣在短时间内并没有发生大的变化，网络文学创作者可以据此来规划创作方向，同时面临着同质化选题的竞争考验。尽管如此，每年仍有三成的作品题材分布在其他领域，如游戏竞技、新类型小说（如二次元、轻小说）等。这说明网络文学市场已逐步趋向成熟，不仅稳固了古言现言、都市职场、玄幻奇幻等传统题材类型的优势地位，还在此基础上积极探索新的创作领域和题材类型，为网络文学产业创新发展奠定良好基础。

表1-2　2020—2023年网络文学TOP5题材类型及占比　　　　单位：%

年度	题材类型及占比					占比小计
2020年	都市职场	玄幻奇幻	历史军事	青春校园	武侠仙侠	72.00
	28.50	18.30	9.70	8.50	7.00	
2021年	古言现言	玄幻奇幻	都市职场	武侠仙侠	灵异科幻	75.21
	25.36	22.49	17.15	6.38	3.83	
2022年	古言现言	都市职场	玄幻奇幻	青春校园	悬疑推理	70.42
	23.83	18.05	13.47	8.99	6.08	
2023年	古言现言	都市职场	玄幻奇幻	青春校园	历史军事	70.24
	24.19	19.29	13.05	7.74	5.97	

（三）IP转化加速推进，可视化改编形成热点

作为内容产业的重要IP来源，网络文学一直备受行业关注，影视剧、动漫、游戏、有声读物，以及文创、文旅等产业纷纷挖掘优秀网络文学作品，进行改编并推出相应IP衍生品，形成了多元化的IP产业生态体系。2023年中国网络文学IP改编呈现蓬勃发展态势，IP改编量达到72 674部（个），较上一年度增长33.7%，是2021年改编量的9倍，主要是有声读物的改编以及转化为纸质出版物的数量增长较大。此外，由网文改编的微短剧有较大幅度增长，这些凸显了网络文学作品在IP市场中的巨大潜力和价值，如图1-7所示。

网络文学IP改编量的大幅增长，得益于网络文学作品多元化和精品化的发展诉求。一方面，各大内容平台积极推动IP前置开发模式的成熟，通过定制化打造和有效互动等模式，深入挖掘网络文学IP的潜力，打造出一批具有市场影响力和文化价值的精品力作；另一方面，网络文学作者积极投身于IP改编的创作中，通过丰富的想象力和精湛的叙事技巧，创作出了一批具有鲜明个性和创新性的作品，这些作品不仅涵

盖了科幻、玄幻、历史、现实等多种题材，还在内容深度、人物塑造、情节设计等方面取得了新的突破。

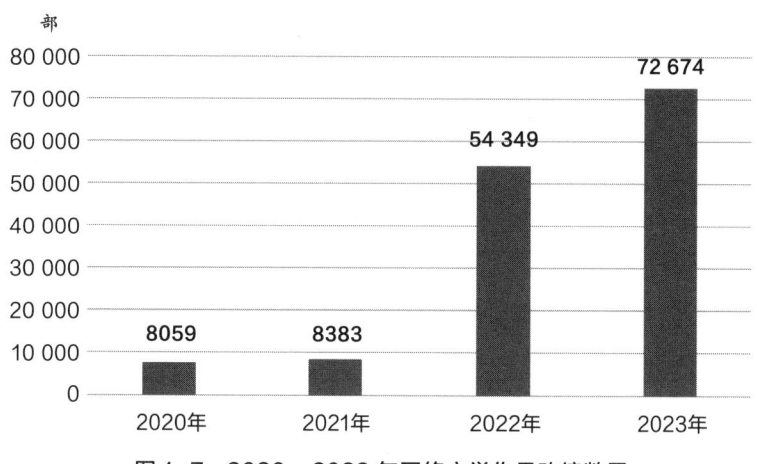

图 1-7 2020—2023 年网络文学作品改编数量

（2020年：8059；2021年：8383；2022年：54 349；2023年：72 674）

（四）出海势头依然强劲，海外市场深度拓展

2023年，中国网络文学出海势头强劲，营收规模、作品数量持续走强，海外市场深度拓展，走出了一条"作品出海""版权出海"到"模式出海""文化出海"的可持续发展路径，已经成为展现中国形象的重要窗口。

经中国音像与数字出版协会调研数据测算，在未区分重复授权、多语种翻译、授权地区及海外原创等因素的情况下，2023年我国网络文学出海作品总量约为69.58万部（种），相较2022年的53.93万部（种），增长29.02%，具体如图1-8所示。2023年，在生成式人工智能技术的加持下，人机配合的AI翻译模式持续升级，网文翻译效率提升近百倍，成本降低超九成，中国网络文学的魅力以更快的速度传播至世界各个角落。当前，中国网络文学作品的翻译语种达20多种，涉及东南亚、北美、欧洲和非洲的40多个国家和地区，网络文学正成为中国文化海外传播体系的重要组成部分。

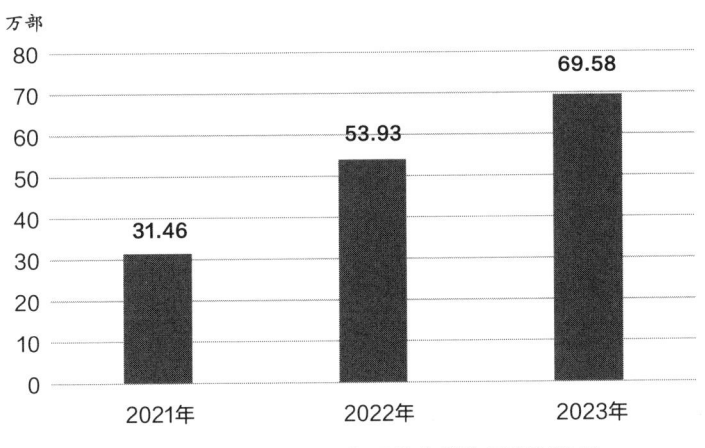

图1-8　2021—2023年网络文学作品出海数量

2023年，我国网络文学出海步伐继续稳健向前，主要地区分布格局虽未发生颠覆性变化，依旧集中在东南亚、北美、欧洲、中国港澳台地区、日韩等地，但一些细微的调整值得我们关注（见表1-3）。这一年，东南亚地区超越北美地区，成为网络文学作品出口的首要目的地，这是因为：一方面东南亚地区与中国文化有着深厚渊源和地理上的邻近性；另一方面，近年来东南亚地区经济快速发展和互联网大范围普及，当地读者对高质量、多样化的阅读内容的需求日益旺盛，对中国网络文学作品的认可和喜爱程度也在逐渐增加。与此同时，北美地区虽然退居次席，但仍是我国网络文学作品的重要市场之一，这主要得益于北美地区有大量的海外华人、完善的网络基础设施、较强的消费能力，以及中外文化交流日益频繁等多种因素的影响，同时欧洲地区的出海力度进一步加大。此外，我们还欣喜地看到，在巩固传统出海地区市场地位的情况下，拉丁美洲、非洲成为2023年网络文学作品出海的战略主攻方向。

表 1-3　2020—2023 年网络文学出海地区分布

排名	2020 年	2021 年	2022 年	2023 年
TOP1	北美	北美	北美	东南亚
TOP2	东南亚	日韩	日韩	北美
TOP3	欧洲	东南亚	东南亚	欧洲
TOP4	日韩	中国港澳台地区	欧洲	中国港澳台地区
TOP5	中东	欧洲	中国港澳台地区	日韩

2023 年，我国网络文学出海作品已形成 15 个大类 100 多个小类，前三名的题材分别是古言现言、玄幻奇幻和都市职场，与上一年度相比，排名顺序变化不大（见表 1-4），说明一些经典和受欢迎的题材在全球范围内都具有持久的吸引力。此外，各类型网络文学作品中融入大量中国元素，如历史人物、中医药、中餐、武术以及地方特色技艺等中华文化符号，极大地满足了海外读者认识中国、了解中国、理解中国的阅读需求。未来，随着我国网络文学行业在海外的持续深耕和布局，以及全球文化交流互鉴的进一步深化，网络文学作为中华文化传承者和传播者的重要作用将更加凸显。

表 1-4　2020—2023 年网络文学出海作品题材 TOP3

排名	2020 年	2021 年	2022 年	2023 年
TOP1	都市职场	都市生活	古言现言	古言现言
TOP2	武侠仙侠	玄幻奇幻	玄幻奇幻	玄幻奇幻
TOP3	玄幻奇幻	古言现言	武侠仙侠、都市职场	都市职场

作者分析

在网络文学繁荣发展的 20 多年里，毋庸置疑，网络文学作者已成为行业发展的核心动力。他们用独特的笔触和丰富的想象力，为亿万读者提供了精彩纷呈的阅读体验，为网络文化发展注入了不竭的生机与活力。本部分将从网络文学作者规模、性别、年龄、笔龄和学历等多个角度对网络文学作者情况进行分析，以期对当今网络文学作者的基本情况有所把握。

（一）作者群体发展壮大，创作环境持续改善

2023年，中国网络文学作者群体继续发展壮大。截至2023年底，我国网络文学平台驻站作者总数约为2929.43万人，如图1-9所示。

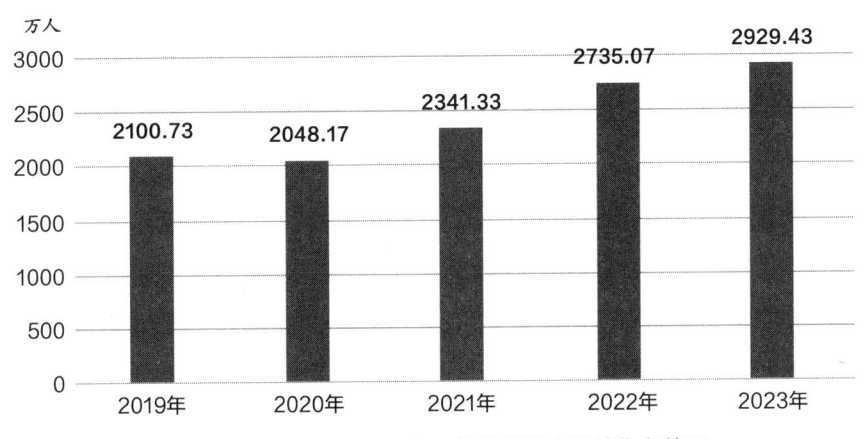

图1-9　2019—2023年网络文学平台驻站作者数量

2019—2023年，网络文学作者群体每年都有一定程度的增长，分析其原因：一方面是读者群体不断扩大。第53次《中国互联网络发展状况统计报告》（以下简称《报告》）显示，截至2023年12月，我国网民规模达10.92亿人，较2022年12月增长2480万人。农村网民规模达3.26亿人，较2022年12月增长1788万人。《报告》显示，我国网络文学用户规模达5.20亿人，占网民整体的47.6%。随着城乡数字鸿沟的加速弥合，网络文学用户规模仍有较大增长空间，将会吸引更多作者加入网络文学创作大军。另一方面是创作环境得到持续改善。网络文学平台为作者提供更多的创作支持和资源助力，比如提供专业的编辑指导，对作者

的作品进行细致的审阅和评估，提出针对性的修改建议；利用自身的渠道和资源，推广和宣传作品，如首页推荐、榜单展示等；通过设立作家培养体系、举办创作培训班等方式，帮助作者提升写作能力和专业素养；对作品进行全版权运营，包括影视、动漫、游戏等多种形式的开发，为作者创造更多的经济收益；通过技术手段和法律手段，开展作品的版权保护等。此外，人工智能大模型在网络文学平台的应用，将为作者提供创作服务、数据运营等辅助工具，帮助作家激发灵感、丰富细节、提升效率。

（二）资深作者稳步增加，职业化发展不断深化

2023年，网络文学作者笔龄3年以下的占比为29.85%，笔龄3—5年的占比为39.10%，笔龄5—10年的占比为25.28%，笔龄10年以上的占比为5.77%，见表1-5所示。

表1-5　2021—2023年网络文学作者笔龄分布　　　　　单位：%

年份	3年以下	3—5年	5—10年	10年以上
2021	34.4	41.2	20.0	4.4
2022	30.94	42.92	21.58	4.56
2023	29.85	39.10	25.28	5.77

观察2021—2023年网络文学作者笔龄分布，可以看出，具有一定创作经验和读者基础的、笔龄在3—5年的作者占比最高，这部分作者的作品质量和稳定性对行业影响较大；笔龄3年以下的年轻作者占比次之，表明网络文学的进入门槛相对较低，对年轻作者具有较强的吸引力；创作经验较为丰富、文学功底较为扎实、笔龄在5—10年的作者占比排在第三位，他们的作品在网络文学领域具有一定的引领作用，对内容创新和质量提升方面起到关键作用；笔龄10年以上的作者占比最少，他们的作品往往具有深厚的文化底蕴和艺术价值，是网络文学传承发展的重要力量。

此外，从表1-5可以看出，新手作者（3年以下）、中坚力量作者（3—5年）、资深作者（5年以上）的比例，基本为3:4:3，这一现象反映出网络文学行业健康平衡的发展态势，以及网络文学平台在推进作者人才培养建设方面取得的成效。新手作者为行业注入了新的活力和创意，是行业持续发展的重要动力；中坚力量作者在内容创作、市场推广、读者互动等方面积累了较多经验，是网络文学发展的重要支撑；资深作者具有丰富的写作经验和深厚的文学功底，是网络文学的领军人物，他们在提升网络文学整体质量、推动行业创新、培养新人等方面发挥着关键作用。

与上年度相比，笔龄3—5年的作者数量略有减少，笔龄5年以上的增幅明显，占比达到31.05%，较上年度增长4.91%。这一现象说明，网络文学作者的职业化程度进一步提高，作者稳定性不断增强，中坚力量作者正在加速向资深作者转化，他们的增长有助于作者群体及时把握市场动态和读者需求，持续发挥其在内容创作、市场推广、读者互动等方面的重要作用，这对提升整个网络文学行业的内容质量，扩大网络文学的传播力、影响力作用重大，各网络文学平台应给予更多关注和支持。

（三）中青年成创作主力，高学历作者比例高

从作者年龄分布上看，网络文学作者的年龄分布呈现出多元化的趋势，涵盖了从青少年到中老年的各个年龄段，18岁及以下占比为5.08%，19—25岁占比为30.66%，26—45岁占比为46.81%，45岁及以上占比为17.45%，如图1-10所示。相较于2022年，25岁及以下、26岁及以上作者的比例基本不变，分别约占全部作者人数的35%和65%，中青年作者已经成为网络文学创作的绝对主力，这与网络文学作者的笔龄数据不谋而合。此外，数据显示，45岁以上的作者占比攀升，这代表着网络文学的作者圈正在扩展，开始吸引中老年人的注意力，这部分作者具有

丰富的生活体验和深厚的专业领域知识，更易创作出独特且有深度的作品，从而吸引更多读者的关注。

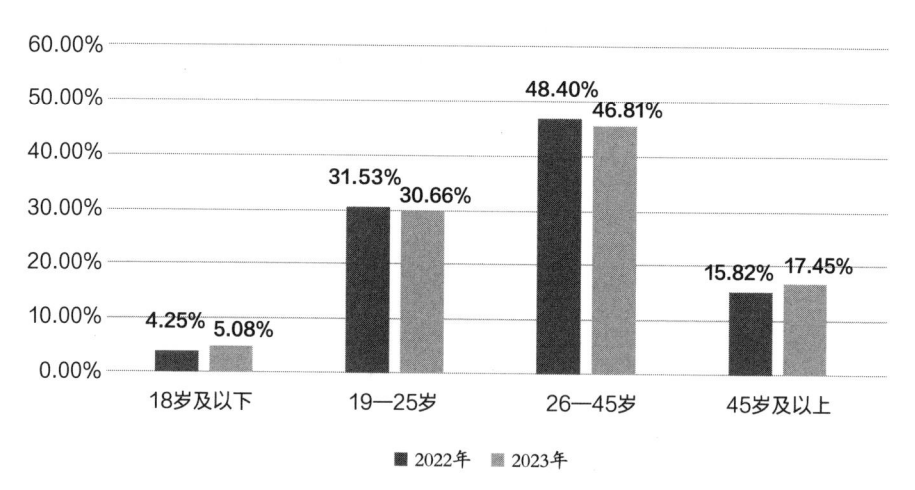

图 1-10　2022—2023 年网络文学作者年龄分布

从作者性别构成上看，2023 年网络文学男性作者占比为 51.88%，女性作者占比为 48.12%，男性作者占比继续保持增长势头，但整体比例相差不大，具体如图 1-11 所示。男性作者和女性作者的创作主题和作品风格虽有所不同，但他们的作品各有千秋，相互补充和呼应，为网络文学题材的多样性和发展的均衡性提供了条件。

中国音像与数字出版协会数据显示，2023 年网络文学作者中，高中及以下、大学专科、大学本科、研究生及以上学历在网络文学领域的占比分别为 14.39%、27.81%、49.98%、7.82%。如图 1-12 所示，大学本科作者占比近半，研究生及以上学历作者虽然占比不高，但也有 7.82%，这表明网络文学领域对高学历作者具有较强的吸引力，这部分作者通常具有较强的文学素养、逻辑思维和表达能力，有助于创作出高质量的作品。此外，专科及以下学历作者占比超过 40%，这说明网络文学领域具有较强的包容性和多样性，为不同学历背景的作者提供了平等展示写作才华的机会。这种多元化的作者结构不仅丰富了网络文学的作品内涵，使之呈现出五彩斑斓的艺术风貌，同时也为网络文学引入了多样化且富有创意的题材类型，使网络文学能够跨越不同知识背景和年龄层次，广泛吸引并满足各类读者的阅读需求。

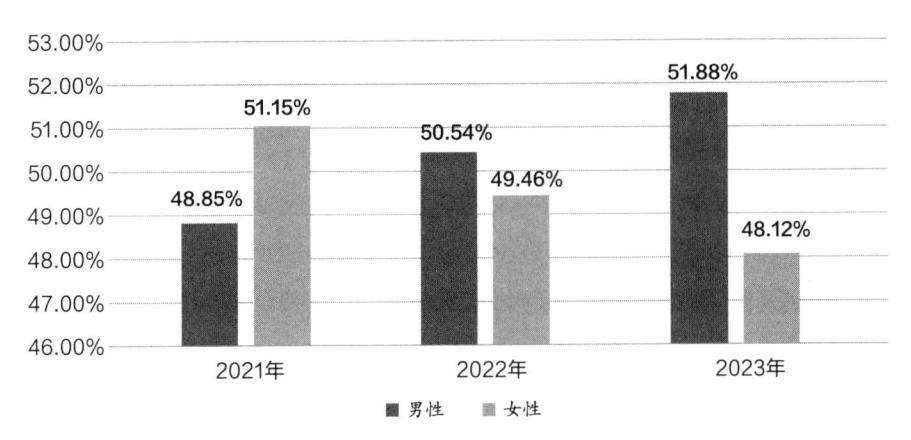

图 1-11　2021—2023 年网络文学作者性别占比

近年来，中国网络文学作者群体呈现出显著的学术化和专业化发展趋势。这些作者并非仅囿于文学领域，而是广泛涵盖了工程、教育、商业等不同专业领域。这种跨学科的融合不仅极大地丰富了网络文学的作品内容与创作风格，还为其注入了更为深刻和广泛的社会文化视角，深刻体现了文学创作与社会文化背景的紧密联系和相互影响。

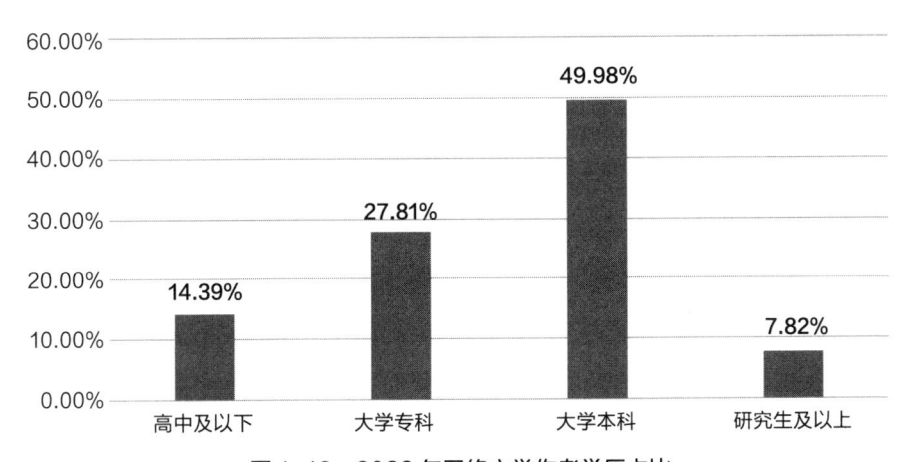

图 1-12　2023 年网络文学作者学历占比

用户分析

2023年,我国网络文学用户规模持续攀升,用户行为、用户结构深化调整。在新兴技术和创新产品的加持下,网络文学用户群体呈现出一些新特征和新趋势。

(一)用户群体规模持续释放,用户需求结构深度调整

2023年,我国数字化、网络化、智能化发展日新月异,不断夯实数字底座,持续提升服务质量,有力推动互联网普及率增长。同时,在网络视频等新业态的助力下,人口红利得到进一步释放,2480万新用户接入互联网,为全球最为庞大、生机勃勃的数字社会增添了新的发展活力。

中国互联网络信息中心(CNNIC)发布的第53次《中国互联网络发展状况统计报告》数据显示,截至2023年12月,我国网民规模达10.92亿人,较2022年12月增长2480万人,互联网普及率达77.5%,较2022年12月提升1.9个百分点。我国手机网民规模达10.91亿人,较2022年12月增长2562万人。可以看到,我国互联网用户规模仍在持续攀升,尤其是以网络视频为代表的新业态,为网络文学的拓展应用和用户潜力挖掘添加了更加强劲的动力。

中国音像与数字出版协会的数据显示,2023年,我国网络文学用户规模累计达到5.50亿人,较2022年增长了5200万人,增幅为10.44%,具体如图1-13所示。课题组分析认为这与网络文学行业短剧和微短剧的暴发具有较强的相关性。

对比近5年来我国网络文学用户规模发展态势,可以看到网络文学

用户仍在持续攀升，并且增速虽略有浮动，但仍处于增长的基本态势，且占网民规模的比例也在逐年增加，具体如图1-14所示。在新技术、新模式的助力下，互联网人口红利还在持续释放，网络文学用户仍有较大的渗透和发展空间，市场空间仍有待挖掘。

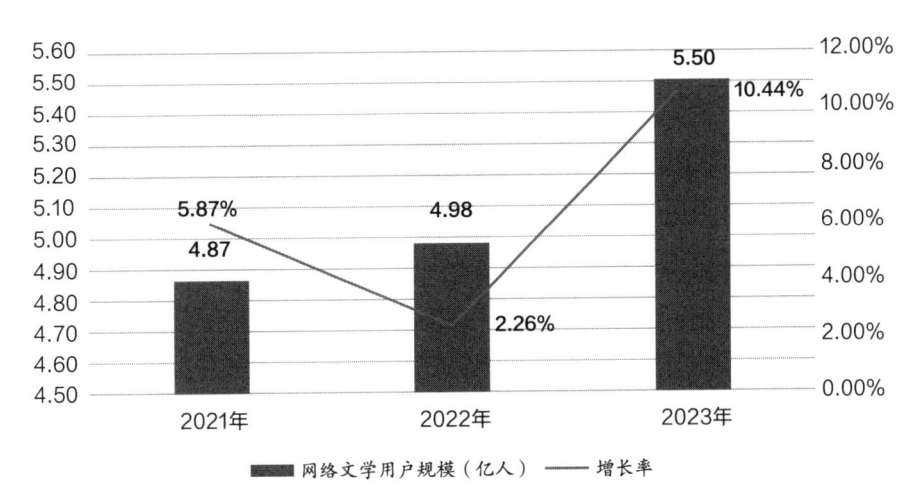

图1-13 2021—2023年中国网络文学用户规模和增长率

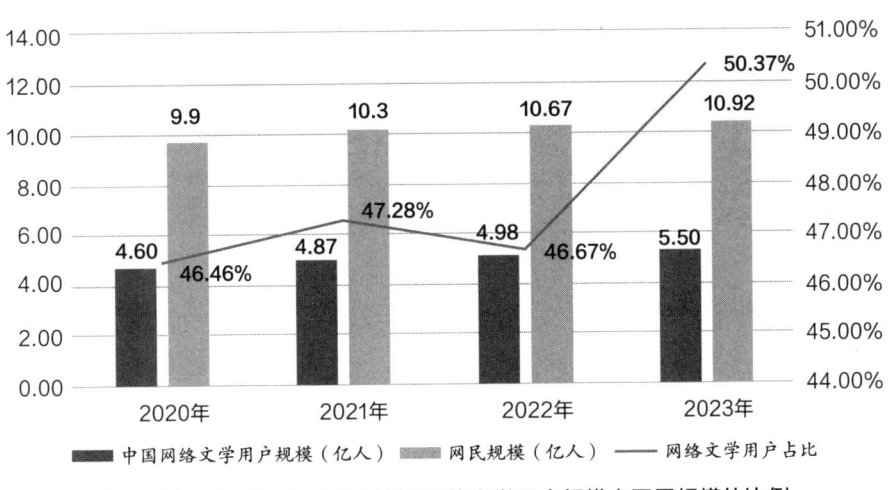

图1-14 2020—2023年中国网络文学用户规模占网民规模的比例

（二）用户群体结构持续拓宽，小众群体需求得到释放

伴随互联网在广大用户日常生产生活的深度应用，尤其是移动互联网近年来生发的新业态、新模式，网络文学能够以多重形态融入用户生活，从而实现了用户群体需求的深度挖掘。

2023年，中国音像与数字出版协会的数据显示，在各年龄段的网络文学用户中，60岁以上占比4.55%，46—59岁占比17.34%，26—45岁占比36.72%，19—25岁占比27.96%，18岁以下占比13.43%，具体如图1-15所示。

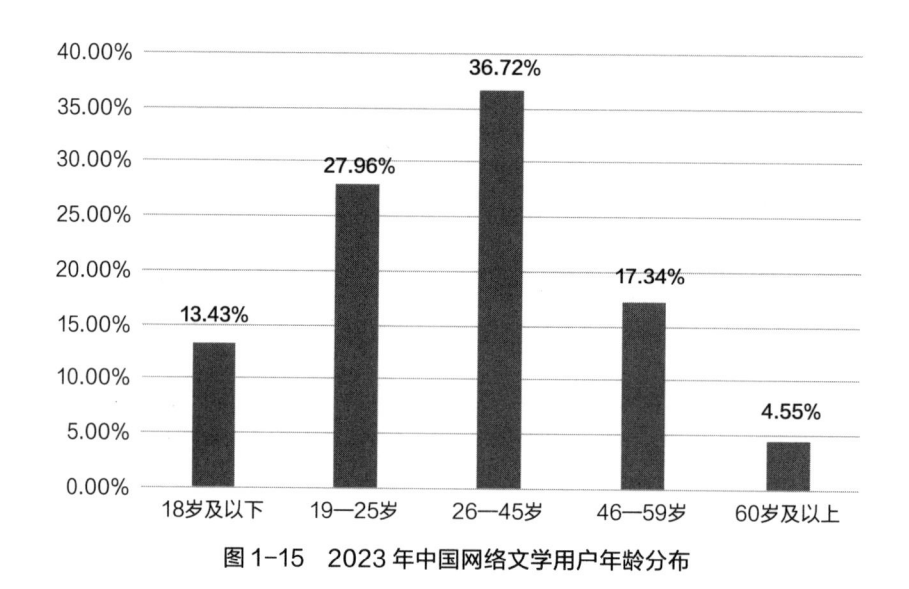

图1-15 2023年中国网络文学用户年龄分布

可以看到，年轻群体仍处于网络文学用户群体的核心地位，19—45岁年龄段的用户占比达到64.68%，长期以来该群体的活跃度和参与度均保持较高水平，网络文学行业用户保持了以年轻群体为核心的基本特征。同时，网络文学用户的性别分布仍然基本维持相对均衡的格局，其中男性占比52.76%，女性占比47.24%，具体如图1-16所示。

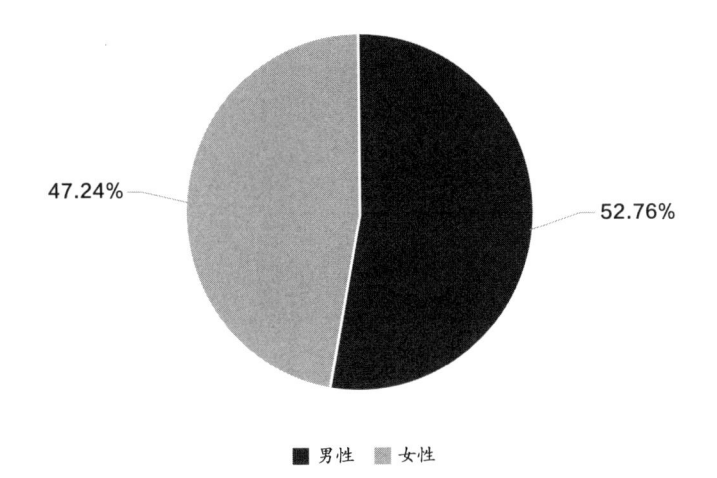

图 1-16　2023 年中国网络文学用户性别分布

（三）用户阅读偏好通俗，相关题材仍为大众喜爱

相比 2022 年，2023 年网络文学用户的题材偏好前五位没有变化，依然是玄幻奇幻、悬疑推理、新类型小说（如二次元、同人、轻小说等）、灵异科幻和武侠仙侠，选择这些题材类型的用户占比分别是 25.90%、23.78%、22.98%、20.66%、19.29%，具体如图 1-17 所示。

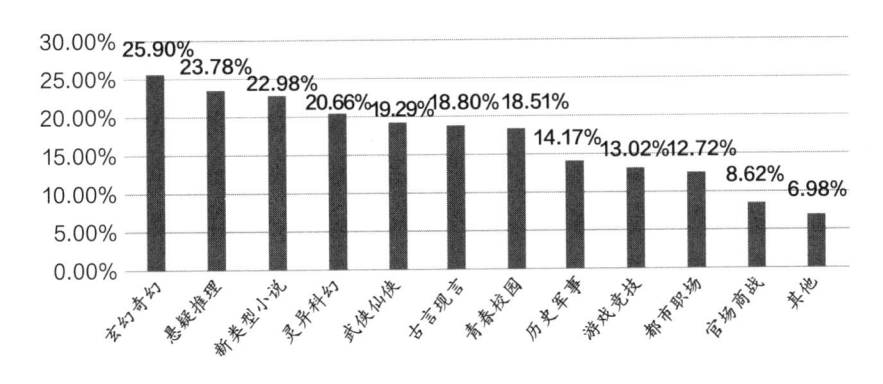

图 1-17　2023 年中国网络文学用户题材偏好分布

另外，进一步分析，我们可以看到各年龄段网络文学用户的题材偏好也有很大区别。18岁及以下排名前五的题材类型分别为新类型小说、青春校园、悬疑推理、玄幻奇幻、灵异科幻。19—25岁排名前五的题材类型分别为玄幻奇幻、新类型小说（如二次元、同人、轻小说等）、悬疑推理、灵异科幻、古言现言。26—45岁排名前五的题材类型分别为玄幻奇幻、悬疑推理、武侠仙侠、灵异科幻、古言现言。46—59岁排名前五的题材类型分别为历史军事、玄幻奇幻、悬疑推理、都市职场、古言现言。60岁及以上排名前五的题材类型分别为历史军事、都市职场、古言现言、悬疑推理、官场商战。总体上看，玄幻奇幻、悬疑推理是各年龄段都排名比较靠前的题材。各年龄段的题材偏好依然有较大区别，新类型小说成为18岁以下用户最为偏好的题材。在26—45岁人群中，其偏好程度有所降低，该年龄段人群更为偏好武侠仙侠、玄幻奇幻。46岁以上的用户更偏好历史军事。此外，在古言现言题材领域，46—59岁人群中古言现言的偏好度降低，而60岁及以上对古言现言的偏好度在逐渐增强，具体如表1-6所示。

表1-6　2023年网络文学用户不同年龄阶段题材类型偏好

年龄段	TOP1	TOP2	TOP3	TOP4	TOP5
18岁以下	新类型小说（如二次元、同人、轻小说等）	青春校园	悬疑推理	玄幻奇幻	灵异科幻
19—25岁	玄幻奇幻	新类型小说（如二次元、同人、轻小说等）	悬疑推理	灵异科幻	古言现言
26—45岁	玄幻奇幻	悬疑推理	武侠仙侠	灵异科幻	古言现言
46—60岁	历史军事	玄幻奇幻	悬疑推理	都市职场	古言现言
60岁以上	历史军事	都市职场	古言现言	悬疑推理	官场商战

经对比，男性和女性用户的题材偏好与2022年相比基本一致，其中青春校园题材重新回归女性偏爱题材的TOP5，如表1-7和表1-8所示。与2022年相比，新类型小说在男性和女性中的偏好程度有所不同，男性的偏好度有所降低，女性的偏好度有所上升；男性对武侠仙侠的偏好度有所上升，而女性对青春校园的偏好度有所上升。

表1-7 2022—2023年网络文学用户中男性题材偏好前五位

题材偏好	2022年	2023年
TOP1	玄幻奇幻	玄幻奇幻
TOP2	武侠仙侠	历史军事
TOP3	灵异科幻	武侠仙侠
TOP4	历史军事	悬疑推理
TOP5	新类型小说	灵异科幻

表1-8 2022—2023年网络文学用户中女性题材偏好前五位

题材偏好	2022年	2023年
TOP1	悬疑推理	悬疑推理
TOP2	玄幻奇幻	玄幻奇幻
TOP3	古言现言	新类型小说（如二次元、同人、轻小说等）
TOP4	新类型小说（如二次元、同人、轻小说等）	古言现言
TOP5	灵异科幻	青春校园

趋势与展望

2023年，中国网络文学在迭代升级中勇毅前行。技术革新和模式创新带来了阅读习惯的变革，从而可能引发网络文学生态向下一个风口的转向。短视频、社交应用正在推动我国网络文学行业向多元视听领域的转化，从而形成更长的数字内容产业链生态和更复杂的多模态内容传播体系。为此，中国网络文学行业应从以下三个方面加大力度推进变革，以适应新的发展机遇期。

（一）持续深耕内容生态，推进核心IP全产业链体系建设

内容始终是网络文学产业发展壮大的核心竞争力。在类型佳作层出不穷的发展状况下，网络文学内容生产呈现要素融合的新特征和新趋势。以"国潮"写作、现实题材多样化、要素融合发展等为代表的内容创新产品热度将持续走高。在此情况下，中国网络文学行业应更加注重核心IP资源的聚集、培育和全产业链实践，稳步推进以网络文学为基，围绕有声、出版、动漫、影视、游戏、文旅和线下消费构建全新产业链生态。

（二）实施技术深度赋能，构建更为高效的全球传播体系

随着新技术应用的持续深化，"一键出海""全球追更"已成为赋能"出海"新趋势。在AI助力下，网络文学翻译正在突破产能和成本的限制。中国网络文学已遍布全球主要数字内容消费市场，正向非洲、拉美等新兴地区扩展。如何更好发挥AI、大数据等技术的赋能价值，构建更高效、更安全的中国网络文学传播体系将是中国网络文学下一个重要突破点和立足点。

（三）优化行业版权管理，完善安全开放的网络文学新机制

网络文学行业盗版、标准无法互认等问题仍然挥之不去。在新技术、

新业态、新模式等新质生产力要素推动下，我国网络文学行业相关的监管机制、治理体系必须持续加强和完善。要强化以版权保护为核心的管理体系，要高度关注人工智能时代的网络文学版权管理问题，要以标准和机制建设为抓手，不断优化完善网络文学行业新的生产关系。同时，考虑到大语言模型语料库和全球 IP 产业链版权保护的新情况和新趋势，完善自主可控和安全开放的网络文学新机制迫在眉睫。

—— 参考文献 ——

[1] 说明：以 1998 年台湾作家蔡智恒的《第一次的亲密接触》为网络文学发展的起点。

[2] 中国网信网.网信系统持续推进网络执法 查处各类网上违法违规行为.[EB/OL].（2024-01-31）.https://www.cac.gov.cn/2024/01/31/c_1708373600499439.htm.

[3] 国家互联网信息办公室.推动中国经济加"数"跑 [EB/OL].(2024-03-12). https://www.cac.gov.cn/2024-03/12c_1711914435806252.htm

[4] 教育部.新一轮教育强国指数测算结果发布 [EB/OL].(2024-05-30).http://www.moe.gov.cn/jyb_xwfb/s5147/202405t20240530_1133155.html.

[5] 人力资源社会保障部举行发布会介绍 2023 年人力资源和社会保障工作进展情况 [EB/OL].(2024-01-25).https://www.gov.cn/lianbo/fabu/202402/content_6932258.htm.

[6] 说明：居民收入和消费增长率，如无特别说明，均为扣除价格因素后的实际增长率。

[7] 国家统计局.2023 年全国规模以上文化及相关产业企业营业收入增长 8.2%[EB/OL].(2024-01-30)https://www.stats.gov.cn/sj/zxfb/202401/t20240129_1946971.html.

[8] 张金国.网络文学行业 如何应对短视频的挑战 [EB/OL].(2020-09-21)https://www.chinawriter.com.cn/n1/2020/0921/c404027-31868997.html.

2 第二篇

专题研究
——平台研究

网络文学平台国内外作者培育制度对比研究
——基于阅文集团的案例考察

王一鸣　黄佳琪
华中科技大学新闻与信息传播学院

作为数字出版产业最具发展活力的领域之一，网络文学出版在国内发挥着满足人们数字阅读需求的重要作用，在海外扮演着推动中华文化、中国出版"走出去"的关键角色。经过二十余年发展，当前我国网络文学平台建设已较为成熟，网络文学内容资源、作者队伍、受众群体、产业规模、运营模式等各项体系已完全建立，作为中华文化和出版业走出去的桥头堡，我国网络文学海外平台建设则处在起步阶段。作者是网络文学内容的创作主体，是平台建设和产业发展的基石，也是当前制约中国网络文学"出海"的瓶颈之一，围绕作者培育，以阅文集团为代表的国内外网文平台探索出了体系化、特色化、差异化的培育模式，对起点中文网和起点国际两大网络文学平台的作者培育制度进行对比研究因而具有重要的研究价值。

职业化、明星化：起点中文网的作者培育制度

起点中文网（以下简称"起点"）是全球规模最大、最具开创性和影响力的文学网站。起点成立于2002年5月15日，其创建并成功运行的"起点模式"（包括VIP付费阅读制度、职业作家制度和读者反馈机制等），

奠定了中国网络文学的基本形态。起点一直是网络文学生产机制的探索者和标准制定者，从爱好者论坛到商业化网站，从粉丝经济到资本运营，从PC端到移动端，从国内发展到海外传播，起点经过不同商业模式和媒介形式的嬗变，形成了不断完善发展的"起点模式"，逐渐成为行业标杆。可以说，起点的发展历程本身就是一部中国网络文学发展史的缩影。[1]

（一）"起点模式"下的"职业作家制度"

2003年，在网站创建初期，为吸引和鼓励更多作者入驻网站进行创作，起点团队以"募捐"的名义开始试推行VIP付费阅读模式。推行首月，团队将所有订阅收入分配给作者，部分作者在当时首月稿费就已超过千元（如流浪的蛤蟆的《天鹏纵横》）。2005年3月，在被盛大网络收购半年后，起点团队正式推出"职业作家体系建立计划"，开始正式招聘职业作家，实行保底年薪制（即底薪+分成=年薪）。该计划要求作者每月更新字数达到8万—10万字、平均订阅数3000—5000，订阅超出3000的部分，每一个订阅的每千字分成1分钱。起点还选聘了八大职业作家（这8位职业作家分别为"血红""流浪的蛤蟆""碧落黄泉""肥鸭""周行文""最后的游骑兵""云天空"和"开玩笑"）。职业网络文学作家开始大规模出现。同年10月，起点推出作家福利制度，通过网站补贴的形式奖励作家来建设创作扶持体系，并推动作家福利制度成为网文行业标准，为网络文学创作持续化、作家职业化提供重要制度保障。

初始架构建立完成后，作者培养制度开始出现"分层化"趋势。2006年，起点推出"白金作家计划"，该计划后来成为网络文学"作者品牌塑造"的衡量标准之一。在当时，"白金作家"签约的基本要求有两个：至少有一部完结作品；至少有一部作品订阅数在1万以上（首批签约白金作家的作者有"唐家三少""流浪的蛤蟆""我吃西红柿"和"梦入神机")。"白金作家"成为起点作家体系的最高档次，被称为"大神中的大神"，其逐渐成为网文作家群体榜样和职业目标。

除了对顶层精品"大神作者"的挖掘、塑造和包装，起点还十分注重对收入不高作者群体的培养。2007年，通过"千万亿计划"，起点为原创作者提供了一系列综合福利计划，并向所有签约作者承诺，在完成与起点所签署的合同的前提下，网站将给予他们1年不少于1万元人民币的收入保证。同时推进千人培训计划，建立专项教育培训基金培训作者，包括与上海社科院联合举办的网络作者文学创作高级研修班，成为首个网络文学与研究机构合作的培训项目。平台还先后推出"作者完本激励措施""作者打赏机制"和"作者全勤奖赏机制"等多个作者培养方案，进一步推动"网络写手"朝"网络职业作家"的方向发展，网文作者职业化发展道路在此过程中逐步建立，网站亦形成了层级分明的职业作家体系。

（二）新"星"作者扶持与培养计划

在上述建立的"职业作家制度"基础之上，2020年起点中文网升级推出网络作家"星计划"[2]，该计划旨在"帮助每一位有志于成为网络作家、文创明星的伙伴，为其提供专业的扶持与运营"。该计划主要涉及5个维度：作品扶持、作家培训、作家关怀、品牌运营以及互动激励。网络作家"星计划"极具包容性，涵盖群体上至品牌作家下达新人写手，且不论作品题材与类型，皆可在资格审核达标后通过该计划获得平台官方流量扶持与运营推广，多维度、有侧重地帮助平台作者并为其提供创作关怀与资金奖励。

不仅如此，起点每年还定期发布"青年作家扶持计划"[3]，为30周岁以下的青年作者提供额外的作品流量扶持。2020年11月20日，阅文

"起点大学"正式成立,起点大学在提供线上学习平台和线上社区的同时,还开设了"职业作家训练营",为学员提供包括但不限于网络文学商业写作理论、网络文学写作及技术、网络文学粉丝运营、网络文学作家职业素养以及案例分析等多门专业课程。

起点平台作者培养机制由此迈入实践性强、操作性强、转化率高的可持续发展阶段,专业化、社会化力量的引入更进一步推动平台作者以及平台作品朝职业化、精品化的方向发展。

本土化、全球化:起点国际的海外作者培育制度

2017年,起点国际依托起点中文网的强大组织架构与基本运营模式,正式开启了面向欧美与东南亚等海外读者群体的中文网络小说海外传播之旅。[4]平台建立之初,起点国际主要将国内作者的知名作品推向海外,2018年起点国际乘势而上,正式上线海外用户原创功能,为推动平台更好地"走出去"并获得在地化的内容支持,起点国际逐渐将运营重点转向对海外本土作者的挖掘与培养。

(一)签约机制:独家签约与非独家签约并行

在起点国际,作者签约流程主要包括以下几个关键步骤和条件:①提交和审核。作者将他们的作品提交给起点国际进行审核,初步提交平台通常会根据内容质量、原创性和市场潜力对其进行评估;②合同提供。如果提交的作品符合起点国际的标准,作者将获得合同邀请,与大部分网文平台相同,有两种类型的签约机制即独家和非独家,前一种独家合同通常由起点国际给予其更高的收入分成比和相关推广支持;③收入分成。在独家合同下,作者可通过多种收入渠道赚取收益,例如按章付费(读者付费阅读新章节)、会员和订阅(读者订阅费用的一部分归作

者所有）、礼物和奖励（读者可以送虚拟礼物给作者，这些礼物会转换成实际收益）。

除了以上基本签约流程体系的建立，起点国际还通过其平台内部团队搭建，为作者提供极具竞争力的版税和推广支持体系。在起点国际，不同作品的版税具体比例各有不同，但通常为作者作品所产生收入的30%—50%。平台还为签约作品提供推广支持，包括在首页设置推荐栏、进行特别推广活动等，以增加作品的曝光率和读者量。

正因如此，起点国际的签约作者数量逐年上涨，覆盖全球近百个国家和地区，近40万海外网络小说作家在起点国际进行创作并获益，作者队伍呈现全球化的趋势。相关数据显示，截至2023年10月，起点国际的签约作家中，"00后"占比高达42.3%，已成长为网络文学故事创作的中坚力量，全球年轻血液的注入更为起点国际走向世界、讲好中国故事提供了无限生机。[5]

（二）培养机制：推行多元扶持计划，挖掘海外原创力量

2018年4月10日，起点国际对海外用户开放了创作功能，在平台功能设计层面，起点国际的作者创作界面InkStone（砚台）内嵌有作家学院（Academy），该版块提供各类专栏文章，辅助新手作者进行入门创作，部分公众号文章还会通过采集网站热门小说类型题材、情节设计以及读者互动关系等研究数据来分析读者偏好，帮助作者提升作品可读性并加强与读者的社区互动关系，在与平台资本进行合作的同时保护作者创作权益。

与此同时，为了帮助全球范围内有创作意愿的作家在起点国际上创作出更加丰富多样的网文作品，平台推出了一系列极具针对性的在地化运营服务。[6]例如携手韩国第一原创网络文学品牌Munpia发布"星创计划"，旨在共同培养作家，打造极具潜力的原创文学作品，发布具有

权威性的原创作品榜单。针对东南亚地区原创作家培育则开展了"群星计划"（Rising Star），大力培育东南亚本土网络文学原创内容，通过对潜力作者进行挖掘与培养，借助在线阅读以及IP衍生等方式，为作者以及作品的文化和商业价值增值。

此外，阅文集团还在全球举行各类征文、推广活动，其中包括起点国际每年定期公开举办的Webnovel Spirity Awards（WSA）写作比赛，该比赛旨在发掘和支持全球范围内最具创作潜力的作者，提供资金奖励与IP开发机会。2022年举办的WSA就吸引了超过9万部作品参赛，语言涵盖英语、印尼语和泰语，获奖作者来自巴基斯坦、印度和泰国等地。2023年共有22部海外原创作品获奖，作品类型更加丰富，作者国别更为多元，受众群体更加广泛。阅文集团全球作家孵化项目（Global Author Incubation Project，GAIP）亦于2022年正式启动，该项目旨在培养海外原创网络文学生力军。[7]本文通过WebNovel官方YouTube账号在2023年12月播出的优秀海外作者系列活动采访视频（Author Interview Series | Revealing the secrets behind writing），统计了此次参与活动的作者国籍及其代表作信息（见表2-1），其中，共有12位男作家和9位女作家参与此次活动，国籍遍布五大洲，创作类型丰富多样，可见起点国际在海外作者培养制度下所取得的优异成果。

出版"走出去"视角下网络文学海外作者培育的启示借鉴

通过对比研究发现，尽管近年起点国际在海外本土作者培育方面成效显著，但与起点中文网更加成熟的职业化、体系化培育制度相比，仍有较大差距。从中华文化和出版业"走出去"的视角，大力培育海外作者将是未来一段时间提升中国网络文学国际传播效能的重要突破口。为此，可从以下几个方面借鉴国内网络文学作者培育的成熟模式，进一步完善网络文学海外作者培育制度。

表2-1 海外优秀作者及作品信息

作者	性别	国籍	代表作
Guiltythree	男	俄罗斯	Shadow Slave
JKSManga	男	英国	My Vampire System
Zentmeister	男	美国	Villain: Transmigrated Into ANTR Manga As The Antagonist
Legion20	男	罗马尼亚	Supreme Magus
HideousGrain	男	德国	Supreme Lord:I can extract everything!
Galanar	男	加拿大	New Eden:Live to Play, Play to Live
Aoki Aku	男	未知	Humanity's Greatest Mecha Warrior System
JALLEN	男	加拿大	The Strongest Assassin Reincarates in Another World
DamnPlotArmor	男	未知	Florida Man's General Store in Cultivation World
xIntz	男	菲律宾	Arcane Academy:The Divine Extraction Legacy
Grand Void Daoist	男	阿森松岛	Walker Of The Words
ForeverPupa	男	印度尼西亚	He Stole Me From MyDeadbeat Husband
ash-knight17	女	印度	Garden Of Poison
Yazia Author	女	未知	Billionaire's Ex Wife Retured With Twins
Glorious Eagle	女	加纳	The President's Preqnant, Ex-Wife
Violet 167	女	巴巴多斯	he Duke's Masked Wife
Kelly_Starrz	女	英国	WifeHUNTED
PurpleLight	女	未知	The Billionaire's Genius Wife
Paschalinelily	女	尼日利亚	The Hidden Wife Of The Cold CEO
Mynovel20	女	未知	The Devil's Betrothed
Eustoma Reyna	女	菲律宾	The Crown's Seduction

（一）坚持精品化创作导向，引导海外作者读懂中国故事

作品的质量与数量是体现作者创作水平和平台运营能力最直观的数据，因此从整体把握网站作品类型与发展趋势，亦是观察平台作者培养制度的重要切口。正因以起点国际为代表的中国网络文学平台不断发展，构建了成熟的网络文学产业生态，越来越多的海外网络小说作家才会选择中国平台来拓展他们的职业生涯。

自2018年起点国际开放海外原创内容生产功能以来，平台海外网络文学作家数量迅速增加，仅5年时间，外国作者的数量就增长约130%。来自美国、巴基斯坦、印尼、菲律宾和英国等国家的网络文学作者纷纷涌向起点国际。他们对书写本土中国网络文学市场的主题表现出越来越浓厚的兴趣，例如"重生"和"无敌流"（无敌流小说是一种专注于主角逐渐成长为强者的网络文学类型）。这类在中国网络文学作品中常见的子类型，现在已经成为海外作家在创作时的最爱。据《阅文集团2023年度财务报告》[8]，截至2023年底，起点国际已向海外用户提供约3 800部中文翻译作品以及约62万部当地原创作品，与2021年相比，同比增长约1.5倍。但据统计，目前在起点国际月票总榜单前20的作品中（男女频合计40人），作者国籍占比分别为中国作者55%和海外作者45%。

我们可以发现，在起点国际海外作者培养体系不断发展的同时，我国国内优秀的中文网络小说作品仍以其精品化、标杆化的特点占据平台内容中心位置。尽管海外原创作品体量巨大、创作类型多元且丰富、创作周期亦不断缩短，但能够提高海外原创作品影响力的精品化创作趋势仍不显著。

为此，起点国际应积极推动海外作者以精品化创作为发展导向，借助平台内已有的中国网文优秀翻译作品展现、推广中华优秀传统文化。透过网文作品中体现中国传统元素的"中华文化标识"，推动海外作者进行内容学习与创作，挖掘、凝练出更多体现中国特色的海外原创网络

文学精品，让海外作者在中国平台讲好中国故事，传递好中国价值。以期透过在地化的精品创作减损"文化折扣"所带来的信息熵增，使体现中华文化魅力的故事内核、带有中国特色的叙事模式通过起点国际得到广泛传播与推广，让平台真正做到对海外作者、读者"润物细无声"地浸润、传播中华文化，并取得良好的海外传播效果。

（二）制定在地化的版权政策，推动"一国一策"的精准传播

2009年在盛大资本入驻起点中文网后，一项涉及"委托创作"的版权协议引发了巨大争议。该协议规定作者对其原创稿件的版权将以委托创作的名义永久过渡给起点中文网，在领取过一次性稿酬后，作者对自己的作品就仅仅拥有署名权（即我们常说的"买断"）。一次性买断现象在新人作者与实体出版社之间其实并不罕见，但在当时存在大量自由发表空间的网络文学领域，就显得十分苛刻。[9]部分明星作者在那时与起点产生摩擦，大量出走其他平台，为后续起点平台资本的运营方式人性化升级敲响了警钟。

为此，转战海外市场布局之时，在平台作者国籍及所在国法律多元且复杂的情况之下，起点国际注定将采取更为谨慎的运营发展态度。起点国际从平台创建初始时期就将网站发展定位从"单纯的内容呈现、分发渠道"转变为"成为海外明星作者的制造者和代理人"。通过对海外作家的挖掘和形象树立以及经由作家而实现的跨国版权交易，起点国际更加熟练、迅速地将自己转变为新型网络出版社的角色，将海外作者的文学生产过程引入"写作—出版—销售—版权合作"的运转流程中，使文学生产联合的中心再一次展现出"作家"的重要力量。

综上，为推动起点国际更好地"走出去"，平台必须基于目标国的法律法规制定"一国一策"的在地化版权政策。通过"版权确认—版权转让"的方式，平台可以在充分了解和尊重签约作者所在国具体的出版法律法

规、肯定海外创作者与作品之间的独占关系基础之上，透过差异化的政策和制度规划合理、顺畅地接手法律赋予作品的衍生财产利益，由此获得在全产业链的视野当中全方位运作版权交易、充分挖掘精品海外原创作品的商业利益的可能性。起点国际应在签约、分成以及版权认定等网络文学生产流程中，秉持国际化、专业化、精细化和差异化的运营理念，为更好地建立起在地化版权政策体系、进行精准传播奠定制度基础。

（三）借鉴国内职业化培养体系，孵化海外头部作者

在上述分析中，我们可以看到以起点为代表的网络文学平台已在作者培养组织架构中逐渐发展出两条较为清晰的作者生产道路，即"职业化"与"明星化"的培养方向。在起点的职业化作者培育制度推动下，根据大量作品的多元类型题材，平台内已分化出了精准定位的类型化受众，许多优秀作者也培养并积累了一批忠实粉丝。在网站中，读者一面挑选出自己钟爱的阅读类型以满足消遣需求，另一面也逐渐培养出自己对某些作者的依赖，甚至发展出"偶像崇拜"。在这一逻辑加持之下，起点进一步将平台运营重心转移至"明星作家"的培养上来，明星作者与其作品正式成为"垄断性资源"被纳入平台谋求生存发展与竞争的策略范畴。作为后起之秀的起点国际，其海外作者培养计划却仍处在大量挖掘新人作者的初始积累阶段，海内外网站间的作者体量与作者职业发展规划存在阶段性差异。

起点目前有约 2 万名职业签约作家，而在起点国际，尽管平台已积累了来自全球近百个国家和地区的 40 余万名创作者，但这些海外作者中的绝大部分仍不能将网络文学创作视为其主业。这从侧面反映出起点国际的海外作者培养制度整体仍处于起步阶段，未有强势的网文作品傍身、未能开发出拥有多元价值的强势 IP 是其与起点中文网目前最大的发展鸿沟，而究其根本是起点国际海外头部作者数量的稀缺以及尚未成形的职

业化作者培养体系的缺失。正如有学者指出的，"海外作者正在逐渐接受中国网络文学平台的生产体系，中国平台帮助越来越多的海外创作者成为职业网络文学作家。中国引领着全球网络文学行业的发展，只有在中国的网络文学行业、凭借中国平台广泛的传播和精心设计的行业制度、法规，国外作者才更有可能成为全职专业人士，将网络小说写作当成一份正当、稳定的职业"[10]。

因此，为了更好地推动中国网文平台的海外发展，促进中国平台在地化融入，进一步扩大平台、作者和作品的影响力，起点国际应当积极引入并借鉴国内起点中文网已成熟的作者职业化培养体系，建立一套适配跨文化运营环境的作者培养计划。平台应立足广阔的海外网文市场蓝海，在四十余万名的作者之中，通过对高分高票高评论、新颖创作类型以及极具粉丝黏性的海外原创作品进行数据流量挖掘，围绕优质作品对海外作者进行"职业化"培育与"明星化"包装，通过平台定向流量扶持等手段，进一步分化海外"明星"作者与普通作者的培养路径，力求创建出起点国际的"海外版白金作家"体系，为孵化海外头部作者、推动海外作品精品化发展提供制度性保障。

结语

本文对阅文集团旗下起点中文网和起点国际两大网文平台的作者培育制度进行了详细分析，通过对比研究发现，起点国际作为中国网络文学出海第一大平台，在充分借鉴和学习国内起点中文网的作者培育制度基础之上，因地制宜地发展出许多个性化、在地化的培养方案。研究还进一步针对平台运营的不足，从海外头部作者孵化、海外精品化创作以及在地化版权政策三个维度进行论述，以期为起点国际后续海外发展运营提供启示，亦为推动平台更好地进行中华文化海外传播、促进文明交流互鉴提供具有建设性的制度体系构想。

参考文献

[1] 邵燕君，李强.中国网络文学编年简史[M].北京：北京大学出版社，2023.

[2] 起点读书.阅文集团起点中文网作家星计划[EB/OL].[2024-05-14]. https://acts.qidian.com/2020/2020_09/index.html.

[3] 起点读书.起点青年作家扶持计划[EB/OL].[2024-05-14]. https://activity.write.qq.com/noah/16571226.

[4] 王一鸣，黄佳琪，杨雅麟.我国网络文学海外阅读发展现状、困境与对策分析：基于"起点国际"平台的考察[J].中国数字出版，2023，1(1):36–44.

[5] 阅文集团.2023中国网络文学出海趋势报告[EB/OL].(2023-12-06)[2024-05-14]. http://www.199it.com/archives/1665080.html.

[6] 中国作家网.最是一年春好处：2020年网络文学述评[EB/OL].(2021-01-29)[2024-05-14]. http://www.chinawriter.com.cn/n1/2021/0129/c404027-32016212.html.

[7] 澎湃网.中国之外，东南亚和北美也"盛产"网文作家[EB/OL].(2022-02-12)[2024-05-14]. https://www.thepaper.cn/newsDetail_forward_16670802.

[8] 阅文集团.2023年度财务报告[EB/OL].(2024-03-18)[2024-05-14]. https://ir-1253177085.cos.aphongkong.myqcloud.com/investment/20240424/6628d1ba50618.pdf.

[9] 储卉娟.说书人与梦工厂：技术、法律与网络文学生产[M].北京：社会科学文献出版社，2019.

[10] Global Times.Chinese site incubator or overseas OL authors[EB/OL].(2023-03-13) [2024-05-14]. https://www.globaltimes.cn/page/202303/1287231.shtml.

网络文学平台对写手的管理策略研究
——以晋江文学城为例

张窈　徐思懿

西安交通大学新闻与新媒体学院

随着数字平台的崛起，互联网在数字经济蓬勃发展的当下进一步下沉为基础设施，"数字劳工"（Digital Labor）一度成为人文社科领域的一大研究热点。以信息与通信技术（Information and Communication Technologies，ICTs）和数字技术为基础，以网络平台为依托进行文化创意生产的网络文学写手则成为新经济形态下的数字劳工[1]。有源源不断的新生力量加入这一群体，贡献着自身的创意想象与文字力量，同时将"机遇"与"挑战"作为个人成长、自我价值实现、职业发展的合理"话语"，兴趣导向、赚钱动机、兼职/副业身份则成为其主要标签。根据中国音像与数字出版协会的数据，截至2022年底，我国网络文学用户规模由2012年的2.30亿人增长至2022年的4.98亿人，网络文学平台注册作者规模由2012年419万人增长至2022年的2387万人，增长了4.7倍。一方面，网络文学已然成为我国影视、游戏、动漫等文化创意产业的重要内容源头，是当前推进文化自信自强的重要力量；另一方面，作为网络文学产业金字塔底部的坚实力量，网络出版主体之一的网络文学写手同其他数字劳工一样，始终被困于类似于布若威所说的"赶工游戏"[2]之中。诚然，写手是网络文学创作的主要来源，而内容质量又决定着用户付费意愿与传播效果。2013年6月，习近平总书记在同团中央新一届领导班子集体谈话时指出,要关注包括网络作家等种类繁多的新兴群体,要深入他们、帮助他们、引导他们。因此,了解网络文学写手的生存境遇是进行网络文学产业规范管理、正向价值引导的基础与前提,保障这一新兴职业群体的合理权益亦是维系创作积极性的关键所在。

研究设计

我国目前比较活跃的文学网站超过300家,不同平台尽管在用户群体特征、主要网文类型设置、管理规则、圈层文化资本等方面略有差异,但对网络文学写手这一群体的基础生存状况和生产过程的观察并不会产生颠覆性影响。鉴于研究的可行性与经验材料的可获性,本文将重点观察地点确定为晋江文学城这一平台。首先,该网站成立较早,自2003年创立以来已稳健地成长为覆盖PC、WAP和App等各类终端的行业头部网站,网站内的各类榜单机制、签约制度、奖惩机制等管理模式都较为成熟,为本研究的内容分析提供了材料支撑。其次,作为国内最具影响力的一家女性向原创文学网站,其流量大、受众广、性别特征显著,为研究提供了丰富的研究样本。最后,18—35岁的主流消费群体占据晋江用户总数的84%,这类人群也在网民结构中占据较大比例,与数字内容产业关系较为密切,消费群体的特色有助于在研究中发现相关联的共性问题。研究中所称"写手",即对众多网络文学平台上创作者的统称。区别于印刷时代的传统作家身份,网络文学内容的创作有其"模板化"与"流水线"的特征,除了少数位于金字塔尖的写手能够通过跨媒介传播实现从"写手"到"作家"身份的转换,基数庞大的底层创作者则更偏向于数字时代的"文字劳工"。

研究方法上,本文主要运用网络民族志和深度访谈。研究者于2022年11月在晋江文学城注册了作者账号并开始尝试网络文学创作,以期理解网文的创作规律和平台运行的基本商业逻辑。同时,同步关注晋江文学城内部论坛"碧水江汀"（该论坛为晋江写手的专属讨论论坛），以期从日常交流中更好地观察写手的劳动日常。在对平台制度和写手的相关状况有了一定了解后，研究者通过滚雪球抽样，于2023年3月5日—2023年4月5日对23位晋江写手进行了半结构化访谈，即在任意社交平台上随机进行私信邀请，再请已经受邀的对象推荐具有研究目标总体特征的人，以此类推，完成访谈。访谈方式为在线访谈（通过微信、QQ语音、电话等通信工具完成），平均访谈时间为75分钟，其中有效访谈人数为15人，具体受访者信息如表2-2所示。

表2-2 受访者基本信息

编号	年龄	性别	签约情况	全/兼职	写作时间/年
F1	23	女	未签约	兼职	1
F2	20	女	已签约	兼职	2
F3	28	女	已签约	兼职	7
F4	22	女	已签约	兼职	6
F5	25	女	已签约	兼职	6.50
F6	27	女	已签约	兼职	12
F7	22	女	已签约	兼职	2
F8	22	女	已签约	兼职	6
F9	22	女	已签约	兼职	2
F10	23	女	已签约	兼职	0.50
F11	24	女	已签约	兼职	0.25
F12	23	女	已签约	全职	0.50
M1	23	男	已签约	兼职	0.08
F13	28	女	已签约	全职	7
M2	30	男	已签约	兼职	7

访谈内容主要涵盖三个方面：第一部分为被访者的个人基本信息；第二部分围绕被访者与平台的关系展开开放式问答，具体包括成为网络文学写手的原因、与平台编辑的关系、与读者的关系以及对平台机制的看法等；第三部分主要涉及与网络文学写手自身利益相关的具体工作信息和个人感受，包含更新频率、收益效果、隐性福利、竞争压力等。在征得受访对象同意后，研究者对访谈过程进行录音，随后将其转化为文字材料，总计约五万字。然后研究者将整理后的访谈材料与相关文献资料、晋江文学城公布的签约作者福利体系与管理规则、田野观察记录文字结合，一同作为本文研究的经验材料。研究者通过反复文本分析、核心主题提炼、原因归纳、综合讨论，最终形成本文的主体结论。

生产力的有序组织：规范化的制度设计

复杂多变的经济形势、快速发展的劳动力市场，使"弹性雇佣制度"越来越成为新经济形态下企业与劳动者之间发生联结关系的主要方式。在这种松散的非正式契约关系内，写手看似拥有了写作"自主权"，即可在任意时间、任意地点决定工作进度，但收益也随之"弹性化"，具体薪酬多少并不与更新字数和劳动时间挂钩，而由一系列反映作品"流量"的数据决定。通过签约，网络文学平台拥有了一大批固定的创作队伍和稳定的更新量，完成了生产力的组织。进而，又以奖惩措施、福利体系等为引导，圈定了写手们在平台内的各项活动规则，推动其开始文学创作的"赶工超额"游戏。成熟的生产体系与完善的管理制度是衡量平台发展程度的显著标志，也是对平台注册作者的重要管理策略之一。

（一）以签约制度为核心的组织管理

付费阅读模式是知识劳动商业化的开端，基于这一原则制定的分级签约体系成为网络文学写手劳动的约束基础。一般而言，网络文学平台的写手分为驻站作者和签约作者，二者承担的任务与可享受的福利待遇不同，而为了获得阅读收入分成与其他相关报酬，网文写手多倾向于与平台签约。晋江采用的签约模式为作者约，区别于传统的正式劳动合同，双方自行协议好劳动的时间年限，在此期间内平台写手只能在本网站进行写作。晋江首次签约规定时限为5年，要求每年完结一部作品并且更新20万字以上，若是合同期内没有完成字数要求，则会无限续约。对于如此高要求的签约条件，受访的晋江平台写手均表示可以接受，因为不签约就不会有收入，更不会有榜单的资源倾斜。当小说在网站上免费发表一段时间后，网文写手就可以申请让自己的作品收费，读者阅读产生的收益由网站和写手分成。想要进入付费阶段即"入V"，需要作品达到一定收藏标准，这对写手而言又是一道门槛。

然而，申请签约成功在晋江也并非易事，事实上，作为头部网络文学平台的晋江并不缺乏作者，处于买方市场。受访者F7也用亲身经历表达出晋江过签的艰难。"我是2018年末开始申请签约的，一直到2019年上半年才成功，这期间一共申请了七八次都没过，过签难度真的很大。"

相较于庞大的待签作者群体，晋江负责管理签约事宜的编辑数量有限，目前了解到的大约为15人。为了提高审签筛选效率，编辑们会看重申请的范式，也就是被写手们戏称的"过签模板"。对这种类似于"八股文"的模板化申请，网文写手们虽然认为比较麻烦，但对此仍表示理解并在行动上妥协服从。受访者F13提道："现在的模板相当于简历，简历不过关的话，编辑会继续看下去的可能性比较小，对作者来说相当于多了一道程序，签约难度加大，尤其是不太会汇总自己文章特点的作者会比较吃亏。"

不少新人写手会在网络上寻找各类过签经验帖或是花钱找专人帮看、修改自己的申签文案，以期满足平台编辑的喜好。然而平台编辑代表的不仅是自己的立场，更是晋江平台对签约写手的期待与要求。能够过签，实际上也是因为写手的作品能够满足编辑和平台意志、符合平台定位和目标用户阅读需求。编辑的作用看似是对申签作品的把关，事实上于无形中在网文写手的脑海里输出平台规则并使其认同，从而将自身的作品创造工业化、流程化。

（二）以榜单激励制度为代表的技术管理

随着数字技术和算法机制的兴起，表面"客观化"的数据逐渐被看作"公正"的象征，数据化也成了平台的一项重要技术管理手段。利用数字技术可以实现网络文学平台写手的创作和读者反馈的量化，网络文学平台则通过一系列排名定义作品优劣，将其与写手的薪酬、收益挂钩，数据随之成为新的权利形式。

晋江目前的排行榜数目繁多，但总体可以分为人工榜和自然榜两大类。人工榜即指由平台编辑来排榜，如编辑推荐榜、VIP 金榜、VIP 强推和不同频道的完结及连载榜单等。加入 VIP 文章行列前看作品收藏量，加入 VIP 文章行列后看作品收益，作品收益大部分都是读者订阅，除此之外也包括热情读者的霸王票奖励、出售各类版权的收入。自然榜则指按照文章积分从高到低排，多数由受读者欢迎程度决定，如总分榜、霸王票总榜、读者栽培榜、新晋作者榜、月榜、季榜和半年榜等。

晋江文学城的规定显示："文章积分基于文章的点击率、字数、收藏量和评论等数据。"其中，签约写手的文章积分系数高于未签约写手。这些积分作为首页中部分榜单的考察依据，目的在于鼓励作者努力写作，同时，读者也可以根据榜单排行，定向寻找一段时间内的热文、好文。对普通写手来说，没有榜单就没有流量，作品被发现的可能性会极大降低，自然也不会有经济回报。为了更好地冲击榜单获得推流，写手都会对已有榜单上的热门作品进行研究，或是追捧热门题材，或是改文名文案来迎合平台市场。对越来越商业化的写作现实，写手们的态度都趋向认可。受访者 F3 认为："在涨幅不好的时候，改文名文案已经是成本最低的一个手段了，为了上榜得到引流就会去更改。"受访者 F7 提道："这都是为了增大曝光度的一种展示，作者也不全都是为爱发电，不论是热题材还是取名器，大家也是想让自己写的文被更多人看见，榜单上的文也和读者选择有关，所以也就自然形成了一个逻辑闭环。"

当下就是平台推崇数据，写手不仅只能通过数据的呈现来感知读者对作品的反馈，也只能根据数据的高低来计算自己的收益，当"数据为王"成为平台准则，写手们也只能选择最为高效的方法来提高平台对自身作品的认可度。然而，随着榜单上作品同质化趋向日益加剧，读者又会开始厌倦这类创作，他们期待眼前一亮的作品，所以新的喜好和品位的产生，会给创作带来一种逆向的压力，促使网络文学平台写手们做出更多的脑力劳动。需要指出的是，如果某一种创新作品取得了巨大的成功，那么它将会被其他写手争相模仿，进而被再度"类型化"。据受访者 F5 介绍，晋江的标签往往是某个类型文盛行之后才有的，可以算是某个元素已经成形固化，并且读者群也到了一个数量级的标志。

当然，为了更好地刺激写手们的创新产出，平台方还会用各种方式激发写手围绕特定的类型、主题和文风进行内容供给。例如在签约作者时，编辑会有意识扶持风格冷门的小众文，2022 年 10 月至 2023 年 3 月，晋江主要扶持的有虫族、星际、萌宠和经营这四类要素的文章，并且很看重作品的创新点。因为有扶持政策的存在，所以相当数量的新人写手在写作时就会优先考虑这些类型作品的创作，可观的作品产量使平台具备了挑选空间。同样这也是平台的期待，希望能打造新的火爆的网文梗，给网站带来源源不断的流量和更高的知名度。无论如何，在网文生产机制中，平台方始终控制着网文生产的"核心创意"，网络文学平台写手则在此基础上创造并执行自己的"次级理念"。[3]在"流量"为薪酬标准的劳动报酬体系以及算法推荐体系下，写手的薪酬收益与榜单的成绩息息相关，写手不断地创作符合读者需求的内容，成为数据囚徒。网络文学平台写手依据数据反馈调整写作周期、发布的字数体量和内容要素等。

模糊化的劳动关系处理：情感与资源的潜在引导

区别于显性的平台规则对权利、义务的强约定，以读者情感关系建立为驱动，以平台文化资本置换为引导的柔性管理凭借其隐匿性，使作为雇主的平台能够巧妙地从与写手劳动者身份对立的雇佣者角色中抽离出来，成为写手眼中的旁观者，以缓解"刚性管理"带来的组织管理矛盾，对抗性也随之减少。作为写手本身，在这种被模糊化的劳动关系内则暂时将自己对即时劳动报酬的追逐搁置，在"偶像—粉丝"关系的建构中逐渐转向"情感劳动"，更倾向于获取精神层面的共同体认同。与此同时，长远的文化场域内各种社会资本的获取可能性一定程度上替代了眼前有限的经济收益。由此，从写手与读者关系视角出发的情感驱动，以及从写手与平台关系视角出发的文化资本置换成为平台柔性管理的重要内容。

（一）读者情感驱动

网络文学平台的建立，特别是评论区的开放，增加了网络文学平台写手（劳动者）和读者（客户）之间的在线互动。一方面，是基于作品内容、价值观念、情节设定、语言表达等方面的认同，无形中形成一种"上下位"关系，尤其对已经产出完结作品并进行IP运作、图书出版的成名写手，读者多有仰望姿态和偶像崇拜。另一方面，读者也会深入参与到写手的内容创作中，影响甚至改变角色命运与情节走向。对大部分受访者而言，保持与读者的互动是一件相当重要的事情，某种程度上，反而是写手更希望引起读者关注并进行对话。

"就我个人而言，我会经常浏览评论区。我认为文章写出来就是给读者看的，所以她们的评价至关重要，好的读者会带给我新的灵感和方向，也会指出我的不足之处"（受访者F4）。

在写手已经被平台纳入监管体系的现实下，与读者之间形成稳固的黏性关系对网络文学平台写手的连载期的数据呈现至关重要。受访者F12就很害怕因为自己的断更而辜负读者的期待，由于晋江平台竞争激烈，读者的选择范围很广，他们不会只追一篇连载文，如果不及时更新，读者就会转而关注其他作品及写手，反过来又会直接导致作品的数据下滑，进而影响网文写手自身收益。这一连锁反应也在潜移默化中加强网文写手文本创作多劳多得的意识。

此外，读者带来的"粉丝效应"也改变了网络文学平台写手与读者之间传统的平等伙伴关系。网络文学作品的成功很大程度上取决于读者的喜爱，因此一些网文写手在创作的同时，选择与读者进行直接的线上互动来建立更为亲厚的情感关系，甚至建立读者群，更加紧密地与读者沟通与联系。网文写手如果要与读者保持长期互动，需要进行创作以外的情感劳动，虽然付出了更多，但读者提供的"点击""购买""收藏""评论""打赏"以及由此产生的"粉丝经济"，如粉丝在各类社交平台对作品的宣传推广，对实体书销售、小说IP开发时的"捧场"，都能让网文写手作品的商业价值不断提高。

如前所述，网络文学平台不仅使网文写手将自己的作品收入与读者联系起来，更促使网文写手成为自己作品的市场开拓者。从这一角度来看，网络文学平台的读者无形中化身为另一种生产监督者，让网文写手不自觉地将自身对平台组织管理制度与数据监控的警惕转移到"留住自己的读者"这件事上，从而心甘情愿、乐此不疲地码字更新。

（二）文化资源置换

数字技术拓宽了网文写手情感再生产和社会关系再生产的途径，网文写作越来越融入网文写手的日常生活中。通过虚拟社区互动、线上线下联结，他们也会逐步获得基于网络的社会支持，导致许多写手忽略了平台与自己之间的劳动关系，而将视角更多地放在平台提供的情感功能和资源利益上。[4]受访者F2就对在晋江进行长期创作充满期待，她表示："晋江肯定还是我首选并且长期发展的空间，毕竟流量大，读者基础牢固，而且版权容易卖，现在出版社都喜欢来晋江找文。我甚至想着我的5年合同到期后去续约个15年以上的，毕竟合同期越长，写文积分越多，有利于自己小说爬自然榜。"

网络文学平台的文化资源是写手们进行长远职业规划的重要动力，也是其决定入驻的关键影响因素。不同平台的优势资源不尽相同，就作品版权而言，涉及平台与出版社、影视圈、游戏公司等的合作关系；从资助关系与社会效益来看，主要看平台是否具有一定的资质能够推荐站内作者参与政府部门组织的各项扶持项目、作品推介活动、赛事等；若着眼于个人视角，则包括多样化的社会兼职与职业能力培训，如加入行业协会推荐、专业作家培训、编剧工作推荐等。晋江文学城在基本薪酬体系之外，还建立了可供签约作者专享的福利体系，为站内写手提供相关领域内各类文化资源（如表2-3所示），涵盖出版资源、影视资源、政府资源、职业资源四大板块。海外出版市场中，晋江凭借优秀的"走出去"战绩，成功入选了国家出版业国际传播力项目库，这也是文学网站中首家且唯一入选单位。作为各类相关资质齐备的文学网站，其有资格组织推荐优秀作者、作品参加各类奖项的申报，此类官方荣誉的获得，不仅可以给作者带来实质的政府扶持奖金，体现社会效益，还可为作品进一步地跨媒介发展打下良好基础。

表2-3 晋江文学城可提供的文化资源

文化资源类型		具体服务内容
出版资源	国内出版	谋求出版推荐资源、提供打击盗版的维权福利
	海外出版	当地市场调查、专业谈判、定期推荐，与当地出版社建立合作关系
影视资源	作品版权合作	定期向影视合作方发送影视推荐表，设置专门榜单并定期更新
	编剧职位	成立编剧公会，定点向影视公司、电视台等有编剧需求的合作方进行接洽及跟踪签约
政府资源	政府扶持奖项	提供政府相关奖项、资助项目申报资格
	地方赛事	提供作品参赛资格
职业资源	作协会员	与中国作家协会、全国各级作家协会、网络作协均建立了快速有效的沟通渠道，可推荐会员
	职业培训	与各级主管单位或培训机构建立学员推荐通道

除了平台可提供的文化资源，站内编辑所拥有的个人能力与社会资源，也是写手不可或缺的重要资本。一般而言，网络文学平台的编辑包括网编、责编和主编，责编又分为小站责编和大站责编。除了选题和文风把关，编辑也会根据自身对爆款文章的了解对写手提出写作建议，帮助写手了解市场变化和目标读者需求。与此同时，大站责编和主编拥有一定的曝光权，作为利益捆绑的共同体，其可以为自己的签约作者定制榜单、增加推送、联系出版影视资源等，更类似于写手专属的职业经理人。

网络文学写手的抵抗路径选择

对平台的隐蔽控制，网文写手们并非完全毫无察觉，"码字工""搬砖人"等常作为其自我身份的自嘲表达。尽管写手数量众多，在高强度工作与低水平保障挤压下的反抗意识有所觉醒，但弱组织特征依旧成为桎梏其行动能力的重要因素，转而陷入集体行动中"搭便车"的固有困境。究其原因，一方面在于网文写手出于对写作行为本身的热爱，不愿打破目前看似平静的业余写作状态，也不愿对过激行动可能导致的后果承担责任，如失去现有的创作空间；另一方面则在于平台方通过各种规则钳制了网文写手的行为，致使他们的抗争难以集结起来，即便有出声的地方，也大都呈现个体性、松散性和碎片化的特点。通过访谈和观察可知，当前网络文学平台写手们的抵抗路径主要有三种：退出或转换平台、社群舆论制造和集体协商创造。

（一）暂时"逃离"：转换平台或退出写作圈

暂时逃离晋江平台主要是指彻底退出网文写作网站或是转向其他平台进行写作，包括但不限于新兴的小型网络文学平台、小众趣缘平台以及自媒体社交平台。但这样的反抗策略在很大程度上是治标不治本的。退出目前所在的平台事实上就是放弃写作。受访者F1目前就已离开了晋江平台，问及原因，她坦言："日更的压力太大，我又比较看重文字的质量，常常会因为写几千字就搭进去一整天的时间，创作欲也被日复一日的更新磨平，我感觉自己每时每刻都处于一个非常大的竞技场里，不想再内耗了。"

对接编辑需要管理的写手人数众多，基于"成本—效率"的考量并不会将时间、精力花费在对每一位做出"退出"选择的写手身上，反而认为这是优胜劣汰的自然结果。对写手云集的晋江而言，除了能带来巨大收益效应的头部作者，个别写手的离开对其难以构成威胁，平台方并不会在意，反抗也就不足为惧。转向其他平台写作，写手依然会受到不同的限制，劳动控制的本质没有改变。近年来，除传统的网络文学平台运营模式外，以七猫小说为代表的免费阅读网站掀起一股热潮，用户无须支付任何费用，只需在阅读过程中观看广告即可，广告收益则成为写手与平台利益分成的物质基础。但这也意味着平台需要比付费阅读更大的用户流量，以此实现广告主所要求的展示量和点击率，这一重任反过来又压在写手身上。

此外，小众趣缘平台和自媒体平台的限制则使写手的曝光热度无法与晋江这类大型平台相媲美，写手所期盼的成名路径的实现更为艰难。由于小众的特征可能会涉及亚文化等敏感内容，平台方则更会收紧对内容的敏感词过滤，技术管理和内容监管更加严格。

（二）微弱"呐喊"：社群舆论制造

目前，网络文学平台写手较为显性的抗争方式是在网络平台上制造社群舆论引起社会关注，倒逼平台的改良。不同网文写手会选择不同的发声渠道和发声方式来表达态度，如通过在微博、小红书和微信朋友圈等热门社交媒体平台，或是相关的网文论坛如晋江的"碧水江汀"上发表自己的评论，或转发、点赞或回复他人的评论来表示抗议。

但在现实中，这些评论和社会互动大多只是个人情绪的一时表达，并不是长期稳定的意见输出，这类反抗是零碎而又短暂的，并且绝大部分都是个人行为，缺乏一定的组织管理，抗争没有形成规模化的群体行动，影响力小，对平台造成的舆论压力微不足道。在谈及是否有过或者支持过反抗行为时，受访者M1和F12都表现出消极态度："对晋江目前的一些体制机制有想法，但基本没用，所以干脆不会想，只是偶尔会和朋友一起吐槽。"（受访者M1）"不太清楚作者内部有没有一起联合给平台上书建议过，而且这也很难吧。不过在"碧水江汀"上有过讨论，只是管理员不太在意。"（受访者F12）

面对平台的隐蔽控制，大部分网络文学平台写手已经持有妥协态度，因为他们深知自己处于弱势地位，所拥有的话语权并不足以与一个规模化平台相抗衡。此时,舆论话题的制造更多被解释为个人非理性的行为选择,止于负面情绪的文字发泄。

(三)情感"唤醒":集体协商创造

对写手而言,网络文学平台终归还是他们承载梦想的地方,在一定程度上实现了他们的写作和发表需求,而在过往的劳动过程中他们也对平台产生了依赖。平台作为技术驱动型的产业组织形式,用户与其形成依赖关系是它作为数字劳动基础设施的必然结果,也是基于它占用数字劳动资源的这一前提。所以大部分网文写手对这个平台心存感激,他们希望能和平台有一个平等的沟通对话的机会,也希望平台可以发展得更加合理化和人性化。作为共同体,此时的写手与平台一荣俱荣、一损俱损。

受访者 M2 表示:"晋江算是较为公平的网站,虽然卷,至少晋江会给新人作者一个专门曝光的榜单,已经算是很友好了。"受访者 F5 也提道:"如果可以的话,我也想要全职写作。"尤其对全职家庭主妇和失业群体而言,能够运用碎片化时间居家工作也是一个不错的选择。由此看来,网络文学平台写手对平台是倾注了一定的感情的,他们能够在一定程度上享受到平台提供的资源福利,网文平台的赋权功能,在满足网文写手"写作梦"这一现实生活中难以施展的兴趣愿景时,也打开了他们职业收益获取的新思路,让他们可以在网文平台上自由表达自己的创作欲望和理想诉求。

本质上,网络文学平台写手抗争意愿并不强烈,而为了维持自己当前来之不易的地位与既得利益,也不可能通过激烈的反抗成为平台的宿敌。他们更希望能通过和平的方式进行对话协商,和平台互惠互利、共同成长。但这种想法很难付诸实践,网文写手作为弱势的一方,既没有平等的对话身份,也无法掌握谈判的主动权,这种从内部发出的集体协商只能被束之高阁。

结语

作为最具代表性的青年新业态群体类型，网络文学写手的发展既关乎社会稳定，也影响文化繁荣。正如一些学者所言，"体面劳动"[5]既是对数字劳工个体境遇的人文关照，也是文化创意产业可持续发展的必然前提。因此，明确平台管理边界、保障网文写手基本劳动权益，使其劳有所得，通过"平台—写手"的关系平衡保护创作积极性，以实现优质文化内容的持续供给尤显迫切。从可操作的层面上看：一是要尽快制定出台网络文学出版服务的相关管理办法，通过政策法规明晰权责界限、规范行业活动；二是充分发挥工会与行业协会的作用，完善新型劳动关系认定，确立数字平台企业劳动用工基准，如工作时间、福利保障、工资支付、休息休假等；三是要构建"职业共同体"，以多元化措施支持网文写手的群体身份认同，提供相应的职业技能培训与素质培养，开通职业晋升通道。

本文仅选取晋江文学城作为考察案例存在一定的局限性，对其特有的性别特征与内容生产、管理模式之间的关联性挖掘不足，网编群体在整个网络文学生产机制中的角色与作用也有可探讨的空间，未来可进一步扩大研究样本。"全民皆可为作家"的社会图景不只是依靠"为爱发电"的梦想制造，更需要具体的制度设计将其转化落地。网络文学平台日趋成熟的生产机制将数字技术、文化与市场逻辑形成的意识形态，具体化为工作过程中的薪酬制度与复杂网络中的工作关系，由此"制造"出写手的"同意"与"甘愿"。[6]然而，随着网络文学写手队伍的迅速壮大，内部竞争的加剧无疑提升了职业向上流动的有限性。以"阅文妙笔""中文逍遥"为代表的AIGC的"闯入"则加速了垂直大模型的商业化落地，这必然会对整个网络文学生产机制带来革新，写手群体不得不面对智能时代的"可替代性"挑战，其赖以生存的内外部境遇愈加艰难，需要研究者持续关注。

参考文献

[1] SANDOVAL M.Foxconned labour as the dark side of the information age: Working conditions at Apple's contract manufacturers in China[J]. TripleC, 2013, 11(2): 345.

[2] 迈克尔·布若威. 制造同意：垄断资本主义劳动过程的变迁[M]. 李荣荣，译. 北京：商务印书馆，2008：67.

[3] 张铮，吴福仲. 创意流水线：网络文学写手的劳动过程与主体策略[J]. 中国青年研究，2020(12)：6.

[4] 吴清军，李贞. 分享经济下的劳动控制与工作自主性：关于网约车司机工作的混合研究[J]. 社会学研究，2018(4)：137-162，244-245.

[5] KORFERA, ROTHIGO.Decent crowd word-the fight for labour law in the digiral age[J].Transfer:European Review of Labour and Research, 2017, 23(2):233-236.

[6] 蔡小华，王盼盼. 数字"代工"：网络文学写手的另类劳动实践及其隐忧[J]. 中国劳动关系学院学报，2023，37(2)：43-54.

3 第三篇

专题研究
——IP研究

基于粉丝协同的网络文学IP全产业链开发路径与优化策略研究

王亮　张王丽

北京印刷学院

网络文学发端于1998年《第一次的亲密接触》的连载，至今已发展20余年。[1]它是以互联网为展示平台和传播渠道，以文字为主要表现手段，在互联网上创作后提供给读者免费或者付费阅读的文学作品。作为依托网络载体的文学模式，网络文学打破了传统文学创作、出版、发行的模式，开启了文学作品的"全民作家"时代。[2]相较于传统的文学作品，网络文学作品更注重娱乐性，文本篇幅较长，在公共空间内创作，创作过程有读者的深度参与和即时反馈。

IP（Intellectual Property）一词最早引进于国外，译为知识产权，国内一般指有改编价值的故事、作品、概念、形象的版权。IP往往拥有一定数量的黏性粉丝，能够通过衍生产业链条延长生命周期，带来IP价值的增长，其衍生形式通常多种多样，目前市场上以影视IP、文学IP、游戏IP为主流。

网络文学IP因具有可观的粉丝规模且无具体的IP形象，改编可塑性强、想象空间广阔、改编可接受度高，因此深受资本市场青睐。近年来，大量的网络文学IP纷纷开启"剧、漫、影、音、游"泛娱乐产业链搭建。《2023年度中国网络文学发展报告》显示，截至2023年底，网络文学IP市场规模大幅跃升至2605亿元，同比增长近百亿元，从宽口径测算，我国网文产业规模达 3000 亿元。[3]阅文集团作为网络文学行业的代表性企业，以数字阅读为基础，深耕 IP 培育与开发多年，围绕《斗罗大陆》《琅琊榜》《扶摇皇后》《庆余年》《赘婿》等网络文学作品成功输出了一系列的 IP 改编作品。在 IP 全产业链开发过程中不断更新制度理念，把握发展战略，形成了一套完备的 IP 全产业链开发模式，在实践中有效催化了 IP 价值，实现了 IP 商业价值的最大化。然而，随着网络文学行业的发展以及 IP 开发的深入，其现有模式仍显不足，难以充分适应动态变化的市场环境。因此，只有总结过往实践中的得与失，立足市场发展，才能不断升级迭代网络文学全产业链开发的实践路径，为行业的可持续发展提供方向指引和方法借鉴。

中国网络文学 IP 开发历史沿革

20 世纪 80 年代，我国就开始了以小说为原生类型进行影视改编的实践。但是网络文学作品的 IP 改编则到 2000 年才开始崭露头角，2014 年前后迎来快速发展，2019 年市场调整后进一步转型升级，迈入高质量发展时期，致力于追求 IP 开发的精品化。20 余年间，其开发路径历经演变，从原先以影视为主的单一改编逐步走向"剧、漫、影、音、游"一体化开发的多元改编，从粗放走向精细，为 IP 价值的实现提供了更多可能。

（一）单一化改编阶段：以网络文学 IP 为原点的线性开发

文学作品的 IP 改编在我国由来已久，其改编开始于影视行业。20 世纪 80 年代初，中国电视剧制作中心先后出品了四大名著的同名电视剧《西游记》（1986 年版）、《红楼梦》（1987 年版）、《三国演义》（1994 年版）、《水浒传》（1998 年版），这些作品也成了中国电视剧史上的经典之作。从20世纪80年代末到21世纪初，琼瑶、金庸、古龙等作家的作品也大量被影视化。20年的时间里，琼瑶小说影视化的作品多达50多部，金庸作品改编及衍生作品达100多部，而古龙的作品更是翻拍近200次，仅《楚留香》一部作品的翻拍就有25次。

2000年，电影《第一次的亲密接触》上映，真正拉开了网络文学作品的开发序幕。2003年，起点中文网首次推出小说《小兵传奇》改编的网络游戏，成为网络文学史上首次IP游戏改编。然而，由于下游企业对网络文学价值认识和信心不足，2010年之前真正授权后短期就落地改编的项目并不多，改编后获得成功的作品寥寥。此后虽有像《步步惊心》《裸婚时代》《致青春》《甄嬛传》《何以笙箫默》等网络文学改编成影视作品上线并热播，但是这一时期的IP开发，整体改编形式较为单一，多集中于作品影视化，未能深入发掘IP的价值。

（二）多元化改编阶段：以网络文学IP为核心进行延伸

随着互联网技术的发展和下游产业的成熟，网络文学企业与下游产业开始尝试更多的合作与联动，共同推动IP价值的最大化。2014年，阅文集团提出"全阅读+泛娱乐"概念，致力于构建"在线阅读+版权运营"的双驱运营生态。在开放合作的基础上，作为IP持有方的阅文集团开始与各类产业进行深度融合，深度介入IP开发制作过程，打通产业链，形成全方位的IP开发运营模式。行业内的其他公司在这一时期也纷纷开始IP全产业链开发布局。一时间网络文学IP开发如火如荼地展开，以影视为主阵营，延伸至游戏、动漫、音乐、衍生品等多个领域。以《择天记》为例，该作品尚在连载时，阅文集团便投资5000万元，由上海福煦影视文化投资有限公司负责《择天记》的动漫制作，动漫发布后PV播放时总次数已达到近160万次，总点击量近2500万。同时，《择天记》又在游戏、影视、舞台剧、出版物及其周边产业领域同步运营，成为网络文学泛娱乐运作的成功典范。《新华·文化产业IP指数报告（2022）》显示，在"文化产业IP价值综合榜TOP50"中，原生类型为文学的IP有26个，占比52%，其中超八成为网络文学，网络文学作品《斗罗大陆》稳列榜单第一。在IP改编潜力价值榜中，原生类型为网络文学的作品在动画、影视、游戏的改编价值榜中占比均超过50%。[4] 近年来，网络文学IP又积极与大热的短剧行业接轨，推进小说作品的短剧化。2023年，我国上线微短剧已经超过1400部，备案近3000部，年度市场规模达370多亿元，同比增长约268%。[5]

阅文集团IP全产业链开发的实践

从2002年起点中文网在"中国玄幻文学协会"（CMFU）的基础上成立，到2008年盛大文学崛起，从2014年阅文集团正式诞生到2018年后新丽传媒和腾讯动漫陆续被收购，阅文集团现已成为国内集内容生产、制作、分发为一体，贯通IP产业链上、中、下游的头部企业。通过剖析其进行全版权运营的动因、内容产出到商业价值实现的流程以及最终达成的效果，可以从中窥见行业发展的全貌，并从实践中总结优化的策略。

（一）IP全产业链开发的实践动因

网络文学平台发展之初，其盈利主要来自付费阅读、平台打赏、出版物发行等方面。随着作家生态的完善、内容资源的丰富以及粉丝经济的成长，传统的盈利模式已经难以满足平台快速发展的需要。2010年前后，IP概念在国内成熟，催生了最早一批网络文学IP影视化的作品。这之后的较长时间里，IP开发一般都以授权或者合作为主，将作品的改编权一次性或在一定程度上让渡出去，以项目方式进行泛娱乐化开发，受到合同期限制约，IP开发缺乏延续性，同一作品改编后内容七零八落，缺乏整体性。另外，由于产业链各端缺乏长期共同目标，只着眼于短期效益，粗放式地进行IP开发，滋生了版权纷争、IP烂尾、衍生版本对原著改编过多或水准太差引粉丝不满等一系列问题。这些问题不仅削弱了IP的市场竞争力，更极大地折损了IP的生命周期，使其难以持续地为创作者和投资者带来价值。

2016年6月，阅文集团在IP生态大会上首次提出"IP共营合伙人"模式，将作家、版权方、影漫游等开发商、投资方等产业链各端的不同合作方纳入同一体系，通过共同投资和运营，形成紧密的合作关系。2018年，在UP2018腾讯新文创生态大会上，阅文集团又进一步提出要将泛娱乐升级为"新文创"，更加关注IP的文化价值构建以及IP塑造方式的升级。不同于传统的IP开发，迭代后的开发模式主张合伙人共同承担风险，共享收益，共同规划和推动IP在"剧、漫、影、音、游"方面的多元开发和运营。这不仅确保了IP开发的延续性和高质量，还有助于统一各方利益，形成长期的共同目标，获得高回报的衍生收入。

（二）阅文集团IP全产业链开发实践概览

阅文集团在IP全产业链开发中达成了作家、作品、平台、制作方多个"合伙人"角色的强绑定。上游的版权方参与IP开发下游把控改编的方向，在故事的改编中拥有了更大的话语权。下游的开发方提前获悉上游的内容创作走向，精准布局衍生品开发。最终做到版权方和开发方一体两面，"原汁原味"为观众呈现故事。同时，阅文集团旗下拥有庞大的作家资源，旗下作家的市占率高达87%，这些作家根据能力的不同被划分为1—5级作家、大神作家、白金作家。头部作家通常与阅文集团签订长期合作的作者合约，明确其作品在全产业链开发中具备优先权，享受资源倾斜。在已有合约基础上又为满足不同作者诉求推出"单本可选新合同",新合同对平台和作家之间的关系也重新进行了界定,由聘用关系转为合作关系。[6]2023年底,阅文集团聚焦内容生态,发布了"恒星计划"以深挖 IP 价值,力图打造以作者内容创作为核心的 IP 孵化前置模式,让优质作者为作品背书,反向定制内容。即在作品创作阶段就开始提前布局开发链路,精准匹配下游企业的开发需求,实现动态化的 IP 全产业链开发,增强 IP 开发产品的联动性,加快作品商业化的步伐。

随着企业的发展壮大,阅文集团已经不再满足于多方共赢的开放式版权合作模式。2018 年 10 月,阅文集团出资 155 亿元收购新丽传媒 100% 股权。2023 年 12 月,阅文集团出资 6 亿元收购腾讯动漫及其相关 IP 资产。通过收购制作平台打通上下游通道,让自身在产业链中能够扮演更多的角色,"合伙人"身份的交叉与融合带来了话语权的扩大,让其能牢牢把握 IP 开发的方向和内容。与此同时,依托大股东腾讯旗下的腾讯视频、腾讯游戏、万达影业等多个平台资源,阅文集团目前已经能够实现封闭式的版权运营。以《庆余年 2》为例,该剧由新丽传媒、阅文影视共同开发,播出期间腾讯视频热度值超过 3.4 万,创历史新高。而与该剧相关的盲盒和软周边则由阅文好物负责开发,仅该剧播出当晚周边产品热搜就激增 700%。[7]

(三)阅文集团 IP 全产业链开发实践成效

IP 全产业链开发的持续推进,有效催化了 IP 价值,缩短了作品商业化的路径。文化与科技的深度融合,极大地推动了文化产业的高质量发展,催生了一大批优秀的文化作品。如表 3-1 所示,从 2014 年提出"泛娱乐"战略至今,阅文集团已经成功输出了《全职高手》《鬼吹灯》《斗罗大陆》等大量优秀网文 IP,并改编为动漫、影视、游戏等多业态产品。同时,作者 IP 的打造也得到了极大的推动,使一大批优秀的作家得以崭露头角,为文化产业注入了新的活力。此外,实践中还催生了开放式合作、封闭式运作的版权运营模式。就目前而言，除了围绕作品IP打通上、中、下游进行"书、漫、游、影、音"的开发，打造线下沉浸式的旅游景点、主题公园、主题街区，与3C数码、虚拟产品、饮品食物之间的跨界合作等开发方式也正在成为新的市场风口。尽管像阅文集团这样的头部平台已能独立实现封闭式的版权开发，但是从长远来看，开放式的版权开发依然占据主流。

表3-1　2014—2024年阅文集团热门IP全产业链开发情况（部分）

热门IP	开发领域
《全职高手》	有声书、广播剧、漫画、动画、电视剧、电影、手游、衍生品
《诡秘之主》	有声书、动画、漫画、游戏、衍生品
《斗破苍穹》	动画、漫画、游戏、电视剧、衍生品
《武动乾坤》	动画、漫画、电视剧、电影、游戏
《星辰变》	动画、漫画、游戏
《择天记》	动画、漫画、电视剧、电影、游戏
《诛仙》	漫画、动画、电视剧、电影、游戏
《鬼吹灯》	有声书、游戏、动画、漫画、电视剧、电影
《斗罗大陆》	游戏、漫画、动画、电视剧
《庆余年》	有声书、漫画、游戏、电视剧、电影

然而，在以IP为核心进行全产业链开发、全媒体运营的过程中，由于资本过分追逐IP的价值变现，开发中也出现了IP泡沫化、空心化的现象，[8]粗放式开发下存在的问题没有得到根本的解决。这些现象对文化产业的可持续发展和IP的长期价值维护构成了挑战。因此，如何在推动文化产业快速发展的同时，确保IP的合理开发和保护，成了一个行业亟待解决的问题。

角色变迁：全媒体时代作为"共赢合伙人"的粉丝

IP全产业链开发的下半场，"合伙人"的角色将不再具体地局限于平台和开发制作方。网络文学作品的"粉丝向"属性，[9]使作品的粉丝在IP内容的生产、IP世界观的构建、IP开发价值放大中也发挥着重要的作用。全媒体时代，这种作用的效应愈加增强。企业应当重新认识粉丝的角色变化，将核心粉丝归属"合伙人"范畴，在IP的全产业链开发中实现产业链各方共赢。

（一）粉丝在内容生产中的协同叙事

网络文学作品一般以连载的形式输出给读者，作家在创作过程中会收到粉丝的阅读反馈。《我在精神病院学斩神》在番茄小说上的单章最高点评数近10万条，起点中文网《道诡异仙》本章说总数达214万条，在书友圈引发3万篇互动讨论。[10]粉丝反馈互动会直接或间接地影响作者内容创作的走向。同时，粉丝不仅是信息的解码者，也是信息的编码者。粉丝有时也扮演着"文本盗猎者"的角色，通过文本的拼接和游移，对内容进行二次创作，拓展了原有的意义空间。"盗猎"的过程，既有形式的丰富，也带来文本意义的延伸。一部作品的出圈离不开原创IP的内容质量，也离不开二创热度的加持。流潋紫的小说《后宫·甄嬛传》，从2011年被改编为电视剧播放至今13年，一直热度不减。除却作品和电视剧本身的热度外，粉丝围绕着剧情展开的剧情解读、衍生的同人文、表情包、梗图等始终在推陈出新，让作品收获一大波长尾流量。可见，粉丝不仅能在上游影响作品的内容创作，也能在中下游的IP开发中，通过协同叙事拓宽衍生品的意义范畴。

（二）想象的共同体：作品世界观的构建

网络文学作品的世界观指的是故事设定的世界运作的规律和规则，一般包括自然（地理、地形、植物、气候等）和人文（政治体制、经济结构、文化风俗、社会阶层等）两个模块的设定，人物的成长轨迹、情节的跌宕起伏、客观环境的描摹都建立在作品的世界观之上。世界观是作品的基底与灵魂，一个宏大且经得起推敲的世界观，能够承载起一个甚至多个角色IP，让作者有足够大的空间去开发故事，为读者搭建起一个不同于现实世界的"新大陆"。坚实牢固的世界观一定是为作者、平台、制作方、粉丝所共同认同的，而粉丝在世界观的设定中占有绝对的认同权重，他们对作品中人、事、物的情感共鸣，在社群网络中通过"想象"联结起了"情感共同体"。他们在互动中，共享并加固着关于作品的认知框架，并能将情感延伸到作品及衍生品中，成为IP能够持续发展的重要支点。因此，构建一个引人入胜、粉丝喜爱的世界观，是网络文学作品成功的关键所在。

（三）从粉丝经济转向粉链经济

网络文学作品具有"强粉丝向"属性，优质的IP往往拥有绝对数量的粉丝规模。IP泛娱乐化运营的本质就是通过跨平台、跨领域的内容开发带来粉丝经济，[11]粉丝数量越大，规模经济的效益就越明显。但是，在IP的开发过程中，跨媒介对内容的呈现必定会出现对原著进行改编的情况。一旦改编的结果不为粉丝所认可，就会引发粉丝与制作方、书粉与漫粉、书粉与剧粉之间的纠葛，出现粉丝经济悖论效应，[12]从而损害IP形象，缩短IP的生命周期。近年来，围绕粉丝经济，相关学者提出了"粉链经济"的概念，作为一种新型粉丝文化产业形态，它以满足粉丝情感需求为导向，是围绕粉丝发展起来的文化产业链条。[13]它具备粉丝经济规模效应的属性，同时也看到了粉丝在文化产业链上、中、下游中发挥的作用。在网络文学 IP 的开发中，只有重新摆正粉丝的核心地位，才能有效缓和因开发品之间内容解释的偏差所带来的负面效应，实现 IP 价值的最大化开发。

全媒体时代网络文学 IP 全产业链开发的优化策略

全媒体时代，面对 IP 全产业链开发存在的挑战和不足，企业应当及时优化，让每一种改编形式都能充分发挥所长，既完成对元文本的二次书写，又能整体联动带来为市场接受的故事诠释。实现文化价值与商业价值、新形态与既有内容、同质性与创新性、虚拟与现实、大众化与经典化之间的平衡。从"共营"走向"共赢"，真正围绕着作者、平台、制作方和读者建立起一个共生共赢、可持续发展的 IP 开发生态。

（一）兼顾作品的文化价值与商业价值

在网络文学 IP 全产业链开发的过程中，要以文化和商业的双向增值为目标，在保证作品艺术品质和文化内涵的前提下，寻求商业变现的合理途径。不能以 IP 价值开发的广度代替深度，IP 价值开发最大化不等于开发最广泛化。粉丝文化研究领域的先驱亨利·詹金斯指出，在跨媒介叙事中，重复冗余的内容会使粉丝的兴趣消耗殆尽，导致作品系列运作失败。[14] 因此，在进行 IP 作品的衍生之前，企业要提前做好市场调研，科学研判 IP 开发的形式和上线的时间，而非盲目地多赛道并举，只顾形式上的多元呈现，而忽视了内容深度的挖掘和媒介长处的发挥，复制粘贴式地再演绎最终只会得不偿失。在追求 IP 变现效率的同时，也要给足作品沉淀和打磨的时间，深化作品内涵和价值，引导作者的内容书写不浮于浅表，在创作契合市场口味的作品的同时，也要回扣现实，紧扣主流价值观。

近年来，大量网络文学作品创作也在积极地融合中华优秀传统文化，映照现实、反映时代，增强读者、观众的文化认同感，在海内外取得了不错的反响。有文化价值的内容才是符合时代呼唤和人民需求的好内容，而好内容始终是作品开发的核心，也是实现文化价值和商业价值最大化的根基。因此，在开发的任何一个环节，都要遵循以内容为核心的规律，把控内容质量。从幻想为王走向现实为王，多元共生，从流量为王走向内容为王、质量为王，[15]才能实现文化和商业的双向增值。

（二）粉丝协同参与网络文学IP全产业链开发

全媒体时代，粉丝不再是IP产业链下游被动的接受者，媒介赋权和粉丝群体主动性的发挥，让其成为IP全产业链中的重要一环。企业应当及时转化商业思维，认识到粉丝在网络文学全产业链的开发过程中也扮演着"合伙人"的角色。在开发中要将其作为一个重要的考量因素，引导粉丝参与实现价值共创。在作品创作和衍生的阶段都要跟核心的粉丝群体建立信息沟通，及时抓取粉丝对作品及衍生品的反馈建议，将其作为作者创作和企业决策的重要参考。同时，可通过适当的故事留白，让渡一部分内容书写机会给粉丝，激发粉丝的"二创"热情，赋予作品更强的生命力。另外，企业应设置专门的人员进行粉丝社群的运营，在互动和福利回馈中拉近粉丝与作者和作品的距离，增强粉丝黏性，为作品的长效输出打牢基础。只有将粉丝的协同参与置于作者创作、平台运营、版权开发同等重要的位置，并赋予相应的权益，才能在全产业链的运作中化解粉丝经济悖论，促进粉链经济的价值转化。

（三）充分发挥IP全产业链开发中的联动效应

IP全产业链开发中的联动主要从三个方面实现：①在一个世界观的

基础上，作者创作出多个人物IP，而围绕着每一个人物IP又可以书写新的故事，这样IP与IP之间就可以通过故事线的设定联系在一起，多角色IP的联动，共同筑牢故事的世界观基础。②围绕同一个IP所开发的衍生品之间的联动，小说作为原文本，统领电视、动漫、游戏、漫画、电影等其他文本的书写。文本与文本之间是注释关系，不同形态的文本相互作为注脚而存在。[16]具体而言，就是小说作品影视化后可以将抽象的内容具体化地呈现给读者，让读者通过观看获得对小说构筑世界的真实触达。但是，无论是电视还是电影都无法做到将原文本面面俱到地呈现，这就可以通过番外、前传的书写弥补情节上的空白，让故事更加完整、有厚度。与此同时，漫画、动漫的制作相较于真人的拍摄，在场景搭建和情节演绎上有更广阔的施展空间，能够还原实拍无法达到的效果。而游戏的开发，则能让使用者更加沉浸式地走进小说世界，体验角色人生，增强对作品的认同感。通过衍生品的联动，不仅能够实现书粉、剧粉、漫粉之间的破壁，放大粉丝效应，还有利于打响IP的知名度，增强IP的市场竞争力。③进行IP间的跨界合作，或是在剧情的演绎中植入其他品牌的软性广告，或是在进行IP周边设计阶段与其他IP进行联名，或是转让IP的形象使用权给其他品牌。通过跨界，让不同的IP之间共享流量，扩大用户的覆盖面。

结语

以阅文集团为代表，网络文学IP全产业链开发实践至今，取得了可喜的成绩。经过多年的发展，全版权的开发路径模式在业内已然趋于成熟。但是，在连通产业链上、中、下游，促进IP商业价值转化的过程中，"合伙人"的身份定位往往囿于版权所有者、平台和制作方之间，"粉丝"的定位始终是作品或衍生品的被动接受者。随着互联网发展的深入，IP全产业链开发的市场环境发生了改变，粉丝的角色发生了泛化。只有将核心的粉丝群体同样置于"合伙人"的范畴，满足粉丝的情感导向，回应市场的真切需求，兼顾作品的文化价值和商业价值，发挥IP全产业链开发中的联动效应，才能真正实现IP全产业链开发一体化，打造共生共赢的IP生态圈。

参考文献

[1] 许苗苗.新语言、新文化、新生活：从《第一次的亲密接触》开始[J].小说评论，2023(3):102-110.

[2] 毕文轩.论网络文学IP的全产业链开发及保护[J].出版广角，2017(3):42-44.

[3] 南方+.用户破5亿！社科院发布《2023年度中国网络文学发展报告》[EB/OL].[2024-02-27](2024-06-08). http://static.nfapp.southcn.com/content/202402/27/c8638320.html.

[4] 人民咨询.新华·文化产业IP指数报告（2022）发布[EB/OL]. [2022-11-03] (2024-06-08). https://www.360kuai.com/pc/9674793ee77f5ec74?cota=3&kuai_so=1&sign=360_57c3bbd1&refer_scene=so_1.

[5] 中国作家网.2023中国网络文学蓝皮书[EB/OL]. [2024-05-27](2024-06-08).https://www.chinawriter.com.cn/n1/2024/0527/c404023-40244118.html.

[6] 江玉娇，邓香莲.网络文学出版平台的内容生产集聚效应及其内在机制研究：以阅文集团为例[J].出版广角，2023(15):53-59.

[7] 潇湘晨报.剧王《庆余年2》圆满收官，阅文探索IP系列化开发新范式[EB/OL]. [2024-06-03](2024-06-08).http://u6v.cn/6aYfyV.

[8] 李明霞，韩方梅.泛娱乐背景下网络文学IP泡沫化现象解析[J].戏剧之家，2020(5):61-62，65.

[9] 邢晨，李玮.全球IP时代中的中国经验：论中国网络文学IP转化的发展路径[J].出版广角，2023(13):9-14.

[10] 中国作家网.2023中国网络文学蓝皮书[EB/OL].[2024-05-27](2024-06-08).https://www.chinawriter.com.cn/n1/2024/0527/c404023-40244118.html.

[11] 刘佩瑶."泛娱乐"概念的提出对IP电影的影响以及思考[J].视听，2019(4):32-34.

[12] 段润.全产业链结构对网络文学IP价值开发的影响机制与路径优化研究[J].新经济，2024(4):121-136.

[13] 马中红，胡良益.粉链经济:"偶像—粉丝"文化经济模式的再考察[J].传媒观察，2023(9):82-89.

[14] 亨利·詹金斯.融合文化:新媒体和旧媒体的冲突地带[M].杜永明，译.北京:商务印书馆，2017:157.

[15] 何志钧.论现实题材网络文学的高质量发展[J].学习与探索，2023(5):166-171.

[16] 曾一果，杜紫薇.数字媒介时代网络文学IP改编的再思考[J].中国编辑，2021(6):75-78.

《庆余年》
IP 运营策略分析

王佳佳　李世娟

北京大学

知识产权（Intellectual Property，IP），是指具有一定受众基础、能够跨越不同媒介平台进行多形式开发的优质内容版权。[1]网络文学、影视、动漫、游戏、音乐等均可作为 IP 进行开发，但网络文学因其独特属性，成为最容易被开发利用的 IP 源头，占据着 IP 运营的核心位置。[2]目前，网络文学 IP 是我国 IP 运营中占比最大的一部分。2023 年，60% 的热播影视剧改编自网络文学，网络文学 IP 市场规模更是达到惊人的 2605 亿元。[3]

在网络文学 IP 运营的价值链架构中，其结构（如图 3-1 所示）可分为四大层次：源头层、维持层、变现层与实体层。源头层的显著特征是低成本运营和相对较低的利润预期；维持层则依托其庞大的产业规模和广泛的用户基础，虽然利润水平中等，但稳定性较强；变现层的核心优势在于其强大的盈利能力；而实体层则通过获得授权的实体产业形式，实现价值链中最高的毛利率，彰显其在整个价值链中的重要地位。

为了深入理解网络文学 IP 运营的价值链架构，本研究选取《庆余年》作为案例，探究其背后的运营逻辑与策略。通过详细分析《庆余年》在源头层、维持层、变现层和实体层等各个环节的具体表现，本研究希望能够揭示这一 IP 如何巧妙地整合各种资源，成功转化为广泛的市场影响力和商业价值。这样的研究不仅有助于深化对网络文学 IP 运营内在机制的理解，也能为其他网络文学作品的 IP 运营提供参考和启示。

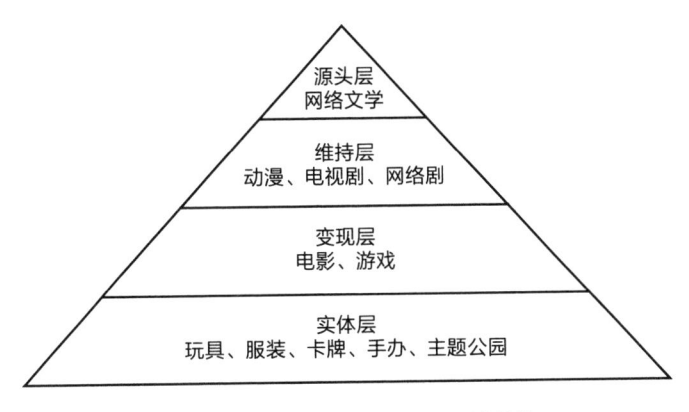

```
            源头层
            网络文学
         ─────────────
          维持层
          动漫、电视剧、网络剧
       ─────────────────
         变现层
         电影、游戏
      ──────────────────────
        实体层
        玩具、服装、卡牌、手办、主题公园
```

图 3-1　网络文学 IP 运营价值链结构

源头层：经典之作

《庆余年》是 2007 年 5 月首发于起点中文网的一部小说，是阅文集团白金作家猫腻的成名作。书名源自《红楼梦》中巧姐的判词"留余庆"，象征着主人公范闲在命运转折之际，意外获得的新生与余庆。全书共计 390 万字，分为 7 卷，自"在澹州"起始，至"朝天子"到达巅峰，以范闲的成长路程为明线，叶轻眉的一生为暗线，描绘了几十年的庆国风云变幻。《庆余年》自连载以来引起巨大反响，在起点中文网的总点击量超过 2000 万，收藏超过 10 万，一度成为"2008 年度最受欢迎的网络小说之一"，持续保持历史类收藏榜前 5 名，拥有超庞大的粉丝基础。

在《庆余年》这部小说中，猫腻巧妙地对比了理想主义与务实主义两种截然不同的生活哲学。[4] 他选择以务实主义者范闲作为故事的核心主角，将他的生活经历与成长置于舞台中央，而理想主义者叶轻眉则如前景般点缀其间，为故事增添了一抹理想化的色彩。这种虚实结合、明暗交织的布局，不仅丰富了人物性格的层次，也深刻地揭示了人们在获得重生时的复杂情感与真实状态。猫腻并没有将范闲简单地塑造为一个品格高尚的英雄,而是深入挖掘了他作为普通人求生自保的本能,以及他在成长过程中面临的种种挑战与选择。同时,他也没有让范闲沦为俗人,而是巧妙地展现了他的成长与蜕变,使这一角色更加立体、真实。网友javiduk的评价非常到位:"《庆余年》之吸引我,《庆余年》之不等同于普通网络小说:不在于文风文采,甚至不在于情节布局——《庆余年》,从根本上来说,是一种情怀的体现——至少,我能找到属于自己,并依附于其中的情怀。"这种情感共鸣,正是《庆余年》能够跨越时间,依旧保持魅力的关键所在。因此,即便是在今天,当这部作品以多种形式呈现时,它依然不会显得"过时"。相反,它依然能够触动人们的心灵,引发共鸣,成为一部值得反复品味的经典之作。

维持层:全民追剧

2019年11月26日,电视剧《庆余年》在腾讯视频和爱奇艺双平台同步开播,由腾讯影业、新丽电视、天津深蓝影视与上海阅文影视出品,王倦与猫腻担任编剧,孙皓执导并汇聚了张若昀、李沁、陈道明、吴刚、李小冉等实力派演员阵容。这部作品凭借其精湛的改编功底和强大的制作班底,成功跨越了文创形态的转变,不仅满足了原著粉丝的期待,更成为一部备受瞩目的佳作。自这部剧上线播出以来,它不仅获得了原著粉丝的热烈追捧,还吸引了无数观众的关注,迅速成为社交平台上的焦点。《庆余年》在收官之际,腾讯视频播放量破51亿次,爱奇艺热度值高达8458,微博热搜次数高达90余次,抖音热搜更是超过50次,百度指数更是刷新了近两年的纪录,最终在豆瓣上获得了7.9的高分。这部作品的成功不仅在新世纪热门IP"网改剧"领域树立了新的标杆,也为后续《庆余年2》的制作和播出奠定了坚实的基础。

2024年5月16日,《庆余年2》在腾讯视频和CCTV-8开播。在开播前，该剧的预约人数近 1800 万人，刷新了全网电视剧最高预约历史纪录。开播后仅 25 小时，热度值便突破 3.3 万，创造了腾讯视频站内开播热度值最快破 3.3 万的纪录,引起"全民追剧"的热潮。在收视率方面，剧集播出期间酷云直播收视及市场占有率一直处于领先地位，市占率也达到惊人的 17.9%。在社交平台上，各平台热搜与话题讨论不断，抖音上《庆余年》相关主话题阅读量超过 600 亿次，创全网剧集抖音主话题单日播放量历史新纪录和抖音剧集榜热度值历史新纪录；微博热搜霸榜，微博剧集影响力热播榜 TOP1 持续天数纪录达 17 天，如图 3-2 所示。

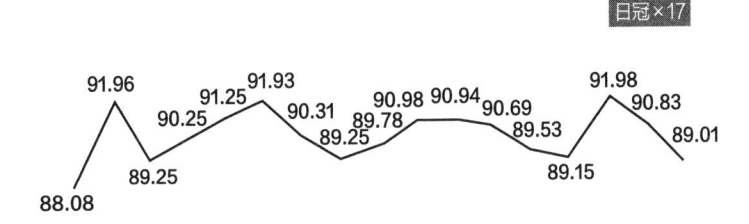

图 3-2 《庆余年 2》网播指数趋势（源自 Vlinkage 数据）

作为网络文学 IP 运营价值链中的维持层，《庆余年》电视剧凭借其强大的制作班底和有效的运营手段，不仅为源头层的原著注入新的活力，更是为后续的变现层和实体层打下了稳固的发展基石。在电视剧热播期间，阅文集团以 QQ 阅读、起点读书、红袖读书等为阵地，配合剧集热度推出一系列活动，如在起点读书上发起"庆余年番外"同人大赛，邀请猫腻等作为评委，对 1000 余篇投稿进行评审，通过书剧联动挖掘、激发粉丝共创独家内容；让用户实现阅读场景和看剧场景无缝衔接，将 QQ 阅读、起点读书与腾讯视频跨平台联结。在电视剧播出后，《庆余年》小说在起点读书上的在线阅读人数、单书在线阅读收入增长 50

倍，聚集了超200万粉丝，在QQ阅读上被超过百万粉丝收藏，重登畅销榜前三。[5]并且在粉丝的投票下，由猫腻监制的《叶轻眉日记》《五竹传之路过人间》等独家故事推出，不仅丰富和完善《庆余年》世界观体系和人物角色，也带动了起点读书的生态增长。在2024年《庆余年2》热播期间，腾讯在新推出的AI产品元宝中，以剧情和演员的声音为基础，训练出范闲、林婉儿等角色的AI模型，让用户可以与角色实现一对一对话，提供多重体验。这种创新的技术应用，不仅丰富了用户的阅读体验，更让《庆余年》这一IP在数字化时代焕发出新的生机与活力。

变现层：高开低走

《庆余年》电视剧的成功无疑为这一IP的后续拓展铺设了坚实的基石。然而，在对比源头层和维持层的成功后，我们不得不注意到，《庆余年》这一IP在变现层的发展上显得较为滞缓，呈现高开低走的趋势。

2019年，在《庆余年》首播的4个月前，上海数龙科技有限公司便已宣布了同名手游项目的启动。这一消息在电视剧播出期间迅速升温，手游的预约量在正式上线前便达到惊人的800万，可以看出其巨大的市场潜力和粉丝期待。2022年3月，这款3D MMORPG（Massive Multiplayer Online Role-Playing Game，即大型多人在线角色扮演游戏，由玩家扮演一个虚构角色并控制该角色的相关活动）手游《庆余年》正式面世，以其丰富的职业选择（双刃、双剑、长剑、棍与琴）、深度还原的剧情体验及"庆余年1.5季"的宣传策略，成功吸引大量玩家关注，首日即登顶App Store免费榜并位列总榜第二。然而，"高开"并未能延续很久。随着用户基数的扩大和深入体验，游戏在操作便捷性、玩法创新度、画面精细度及付费模式合理性等方面的问题逐渐暴露，与市场上同类竞品相比显得竞争力不足。游戏的评分大幅下滑，从起初的9.0分跌落至5.6分，不仅反映出玩家对游戏品质的失望，也加剧了市场对其后续发展的担忧。一时间,"庆余年手游暴死"[6]的舆论声四起,尽管言辞犀利,却也真实反映了市场反馈的严峻性。面对挑战,《庆余年》手游团队并未放弃,而是选择跟随电视剧《庆余年2》的回归步伐,同步推出新版本,力求通过更新游戏内容、优化用户体验来挽回市场信心。然而,在国内市场,这一努力未能扭转"低走"的趋势,游戏收入表现依旧未能达到预期高度。

从变现层的角度看,《庆余年》手游的高开低走也深刻揭示了IP改编游戏在商业化过程中面临的复杂挑战与不确定性。如何在保持IP精髓的同时,不断创新以满足玩家日益增长的期待,将是未来所有IP改编游戏需要共同探索的课题。

实体层:推陈出新

随着《庆余年2》的播出,阅文集团也在实体层不断探索和突破,力求进一步挖掘该IP的商业潜力。在电视剧热播期间,起点读书上线《庆余年》系列的真人有声书,并且在传统实体周边的基础上进行创新和突破,推出一系列专题卡牌、盲盒等衍生品,全方位构建一个集视听享受、互动娱乐与购物体验于一体的IP生态体系,让广大读者及观众能够沉浸于多元化的IP世界之中。

其中,最成功的无疑是由阅文好物携手腾讯视频及Hitcard精心打造的正版卡牌,其市场反响之热烈超乎预期,在开播前订货量就突破了2000万。据悉,《庆余年2》卡牌销量是目前国内影视剧正版授权卡牌销量第一,更有一款单品独揽1500万元的销售额。[7]此番卡牌热销的背后,不仅得益于《庆余年》剧集本身的超高人气,更归功于Hitcard团队在卡牌设计上的大胆创新与深度挖掘。相较于传统卡牌市场普遍采用的图像复制模式,Hitcard独辟蹊径,专注于内容类IP的开发,通过与版权方的紧密合作和共同研发,成功将影视剧内容延伸至卡牌之中,并赋予其新的生命力。例如,"叶轻眉卡"便巧妙融合叶轻眉与剧中多位关键人物的同框场景,以限量编号的形式呈现,更借助 NFC 技术,使持卡人能在手机上解锁并阅读《叶轻眉日记》,极大地丰富了卡牌的互动性与故事性。此外,Hitcard 还推出诸如以萌猫形态重新诠释角色的"猫猫卡"、融入独特香气的"芳华卡"(专为四位女性角色设计)以及取材自范闲诗词佳作的"诗词卡"等一系列创意卡牌,这些设计不仅是对原著内容的精妙延伸,也是对 IP 价值的深度挖掘与发散,有效促进 IP 在剧集之外的持续传播与影响力扩大。

《庆余年》在实体层的创新和突破,体现了阅文集团在 IP 运营上的深度思考和创新实践。通过多元化的产品开发和线上线下的互动体验,阅文集团成功地将《庆余年》从一个单一的文学作品,发展为一个多维度、跨平台的娱乐品牌,为 IP 的长远发展奠定了坚实的基础。

总结

总的来看,《庆余年》无疑是近年最成功的网络文学 IP 之一,并且为网络文学行业的发展提供了很多宝贵的经验和启示。《庆余年》的成功展示了网络文学 IP 运营的复杂性和互动性。它并非一个孤立的过程,需要源头层、维持层、变现层和实体层之间的紧密协作和相互促进。这种多维度的互动不仅为 IP 的深度开发提供动力,也为实现其商业价值最大化奠定基础。通过这种全方位的运营策略,网络文学 IP 能够持续地吸引观众、增强用户黏性,并在不同媒介和平台上实现价值的延伸与扩展。

在源头层,小说的质量是整个 IP 的发展基石。如何有效地、成功地从源头层过渡到维持层是网络文学 IP 运营的第一道难关。《庆余年》电视剧很成功地解决了这一问题。《庆余年》电视剧的制作团队在原著的基础上实现了现代价值的跨时空表达,进一步增加了文化内涵和思想深度，加上出色的演员阵容，让《庆余年》成功成为一部"现象级"的作品。除此之外，它的成功还离不开其独特的制作模式。早在项目启动之初，腾讯视频便提出了由原班制作团队和主创团队携手打造三季系列剧的构想，并从筹备、制作、营销到商业化等各个环节构建一条符合国内市场需求的完整产业链。尽管这种模式在国内尚属罕见，但正是基于这种创新模式和平台的长期投入，保证前两部电视剧的高品质，从而取得巨大的成功。电视剧的成功也反哺小说，推动小说再次火爆。但是《庆余年》在维持层也遇到不少问题。《庆余年2》播出后，广告植入、剧情设置等问题引发了广泛讨论和争议，这无疑为未来《庆余年3》的播出带来了一定的不确定性和潜在风险。

《庆余年》这一IP在源头层和维持层取得显著的成功，更为其后续在变现层和实体层发展奠定坚实的基础。然而，从源头层和维持层到变现层和实体层，这中间是一道巨大的鸿沟，但是这也是所有IP扩张的必经之路。《庆余年》亦不可避免地遭遇多重挑战与考验，特别是在维持层。尽管《庆余年》在变现层和实体层取得的成就不如源头层和维持层耀眼，但是相较于其他IP，《庆余年》已经取得了重大进步和突破，尤其是周边卡牌的制作和售卖，在保留IP核心魅力的同时进行实体化的开发；在放大其商业价值的同时确保粉丝在现实中也能感受到IP的独特魅力，实现多元化的收益模式。然而，《庆余年》游戏的失利也为未来的IP运营提供了宝贵的教训和经验。虽然小说和电视剧的巨大成功能够为游戏带来初期的流量，但要实现用户的长期留存，关键在于游戏模式的持续创新和优化。这意味着开发者需要深入洞察玩家需求，不断推出新颖的游戏玩法、丰富的内容更新和优化的用户体验，以适应市场的变化和玩家的期望，延续IP生命力。

放眼当下，网络文学IP如雨后春笋般涌现，但遗憾的是，能够成功跨越维持层，深入变现层与实体层实现全面突破的案例仍属凤毛麟角。对《庆余年》和阅文集团来说，若想继续引领潮流，关键在于如何在坚守 IP 核心价值的基础上，勇于探索多元化的开发路径与创新策略，以实现更加深远的影响力与持续的增长动力。这不仅是《庆余年》IP 个体成长的必由之路，也是整个网络文学产业转型升级、突破瓶颈的重要课题，需要行业内外共同努力，携手应对。

参考文献

[1] 刘琛. IP 热背景下版权价值全媒体开发策略 [J]. 中国出版，2015(18):55–58.

[2] 于梦溪. 我国网络文学 IP 运营研究 [D]. 南京：南京大学，2016.

[3] 中国社会科学院文学研究所. 2023 年中国网络文学发展研究报告 [EB/OL].(2024-02-27)[2024-06-18]. http://literature.cass.cn/xjdt/202402/t20240227_5735047.shtml.

[4] 孟德才. 猫腻小说《庆余年》：重生文的意义与谨慎的理想主义 [EB/OL].(2014-07-14)[2024-06-18]. https://www.chinawriter.com.cn/2014/2014-07-14/210985.html.

[5] 中国新闻出版广电报.《庆余年》书影联动：IP 内容影响力历久弥新 [EB/OL].(2020-01-15)[2024-06-18]. http://media.people.com.cn/n1/2020/0115/c40606-31549849.html.

[6] 逆水寒手游. 我们从庆余年手游的暴死中学到了什么 [EB/OL].(2022-05-25)[2024-06-18]. https://www.taptap.cn/moment/278528653485148529?page=2.

[7] 娱乐资本论. 从庆余年拆卡到瑞幸玫瑰，影视周边进入 3000 万 GMV 俱乐部 [EB/OL].(2024-07-02)[2024-07-20]. https://www.jiemian.com/article/11355707.html.

4 第四篇

专题研究
——其他研究

中国网络文学出版：现状、特征和价值分析
——基于 2022 年我国网络文学相关数据

> 李弘
> 中国音像与数字出版协会

在市场规模持续扩大、IP 衍生开发和海外运营能力稳步增强的背景下，2022 年我国网络文学出版行业呈现越来越明显的精品化、产业化和国际化特征，并以此提出，新时代我国网络文学出版行业包含的思想价值、文化价值、技术价值和商业价值将成为推动行业实现"双效统一"和更高质量发展的重要保障。在此基础上，作为数字出版新兴业态，我国网络文学行业应构建更加高效、完善的价值体系，以形成更为强大的影响力和传播力。

我国网络文学出版行业发展背景

党的十八大以来，在习近平新时代中国特色社会主义思想科学指引下，我国文化建设在正本清源、守正创新中取得历史性成就、发生历史性变革，呈现文化兴国、文化强民族强的生动图景。

2023 年 10 月 7—8 日，全国宣传思想文化工作会议在北京召开。这次会议最重要的成果，就是正式提出和系统阐述习近平文化思想，在党的宣传思想文化事业发展史上具有里程碑意义。习近平文化思想既有文化理论观点上的创新和突破，又有文化工作布局上的部署要求，明体达

用、体用贯通,明确了新时代文化建设的路线图和任务书,标志着我们党对中国特色社会主义文化建设规律的认识达到了新高度,表明我们党的历史自信、文化自信达到了新高度,同时在我国社会主义文化建设中展现出了强大伟力,为做好新时代新征程宣传思想文化工作、担负新的文化使命提供了强大思想武器和科学行动指南。[1]

作为社会主义文艺的重要组成部分,我国网络文学伴着新时代的春风,扬帆远航,乘风破浪,从井喷式增长到精品化建设,从商业模式混战到产业化、IP化路径明晰,从本土化、民族化发展到频频"出海圈粉",走上了繁荣发展的快车道,成为全民阅读的重要力量和数字阅读的主力军,[2]是践行社会主义文化使命的重要力量。

2014年12月,国家新闻出版广电总局发布《关于推动网络文学健康发展的指导意见》,从强化网络精品内容质量,提升网络文学作品质量,建立健全网络文学作品的作者实名注册、责任编辑及出版单位署名的管理制度方面提出了明确要求。2020年6月,国家新闻出版署印发《关于进一步加强网络文学出版管理的通知》,要求进一步规范网络文学行业秩序,定期开展社会效益评价考核,加强网络文学出版队伍建设,加强网络文学出版管理,引导网络文学出版单位始终坚持正确出版导向,坚持把社会效益放在首位,坚持高质量发展,努力以精品奉献人民。同时,自2020年开始,国家新闻出版署还组织实施"优秀现实题材和历史题材网络文学出版工程",鼓励网络文学平台加强现实题材和历史题材作品创作出版,推出更多尊重历史、关注现实、贴近群众、反映生活的优秀作品,推动网络文学多出精品、多出人才,为人民群众奉献更好更多的精神食粮。一系列政策文件的出台,从坚持正确出版导向、强化精品内容创作、加强出版队伍建设、更好地服务人民群众数字文化生活等方面对网络文学行业的发展起到了积极的指导作用。

进入新时代,我国网络文学在调整、转型和提高中获得了新的发展动能，精品力作不断涌现、业态模式更加多元、海外影响力持续扩大，全行业在保持产业规模稳步快速增长的同时，发展重心已从数量扩张向提质增效转型。在此过程中，我国网络文学出版行业的思想文化把握和价值属性挖掘将成为这一转型行稳致远的根本保障。

我国网络文学出版行业发展现状

过去10年，我国网络文学行业坚持高举旗帜、坚持价值引领、坚持人民立场、坚持立破并举，产业规模持续增长、用户群体持续扩大、服务保障能力有效提升。同期，中国音像与数字出版协会（以下简称"协会"，如无特殊说明，本文引用数据源自协会研究报告）持续多年对我国网络文学出版行业发展进行跟踪调研，从行业内容建设、营收规模、作品总量以及出海发展等方面对其进行了研究。

（一）内容建设情况

根据协会2023年度对39家重点网络文学企业的调查数据，我国网络文学出版行业已从初期的玄幻奇幻、古言现言、武侠仙侠等类型小说，逐渐发展出都市、军事、历史、科幻、医学、警察、工业等类型。有数据也表明，我国网络文学出版行业已有20多个大类200余个小类。[3]

根据协会的数据测算，2022年，我国网络文学出版行业的作品总量达到3458.84万部，相较于2021年的3204.62万部，增长了7.93%，如图4-1所示。同时,受欢迎的网络文学作品题材与2021年相比没有变化，古言现言、都市职场和玄幻奇幻依然是排名前三的题材类型。

同时，在出版业高质量发展的政策引领和读者需求不断变化的推动下，我国网络文学主流化、精品化趋势明显，网络文学出版行业内容建设迎来了更好的发展机遇期。

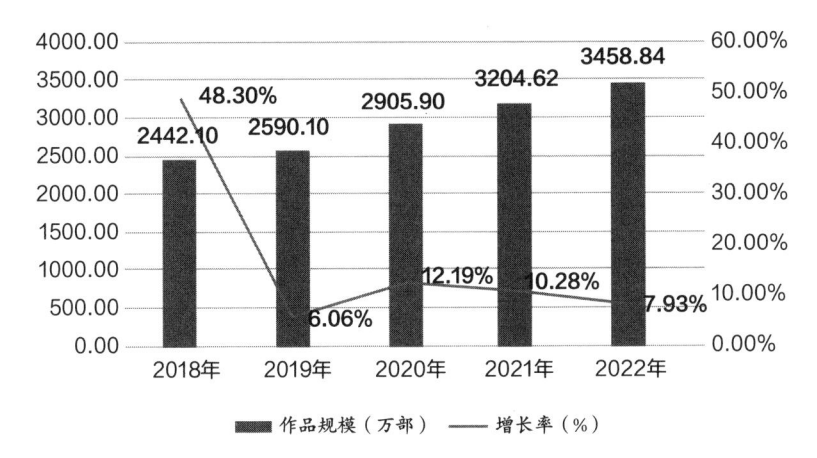

图 4-1　2018—2022 年我国网络文学出版行业作品规模及增长率

（二）市场营收规模

根据协会对 39 家重点网络文学企业的调查数据测算，2022 年我国网络文学出版行业总营收 317.80 亿元，相较于 2021 年 267.20 亿元的总营收增长 18.94%。相对于 2021 年 6.98% 的增长率，2022 年的增长率得到了较好的恢复。同时，相较于 2017 年 129.20 亿元营收总规模，我国网络文学出版行业营收规模逐年增长，已形成了较大的产业规模，如图 4-2 所示。

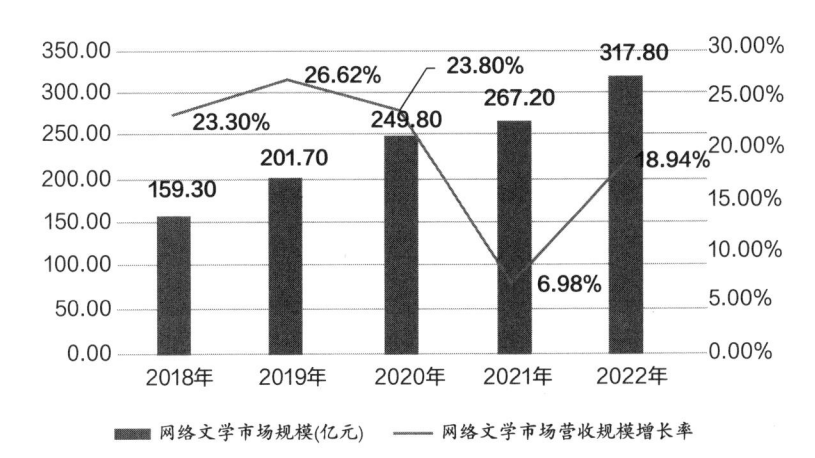

图 4-2　2018—2022 年我国网络文学市场营收规模及增长率

第四篇　｜　专题研究——其他研究

从收入类型看，订阅收入、广告收入和版权收入为 144.14 亿元、90.65 亿元和 70.29 亿元，相比 2021 年的 128.38 亿元、56.39 亿元和 67.88 亿元，分别增长了 12.27%、60.77% 和 3.56%。由此可以看出，广告收入增长快速，已成为网络文学出版行业的第二大收入类型。

（三）IP 开发情况

互联网催生了网络文学，网络文学是内容产业的重要源头，对影视剧、动漫、游戏、有声读物以及文创和文旅等多个行业有着深远的影响，通过版权开发形成 IP 化运营，不断向多个文化产业领域扩展，促进了新的内容产业生态持续变革。

根据协会对 39 家重点网络文学企业的调查数据测算，2022 年我国网络文学 IP 改编量为 54 349 部 / 个 / 种，与 2021 年相比，2022 年有声读物、动漫、游戏、影视剧以及纸质出版物等各类型的 IP 改编都有了增长。

值得注意的是，类似短视频的微短剧迅速崛起，2022 年网络文学 IP 改编在数量和营收规模上都有了大幅度的提升。同时，纸质出版物和周边衍生有了突破性进展，部分企业加强了纸质出版物的 IP 转化工作，优质的网络文学作品正在反哺纸质出版物的生产。

（四）海外营收规模

根据协会对 39 家重点网络文学企业的调查数据测算，2022 年我国网络文学出版行业海外营收规模已达 40.63 亿元人民币，相比 2021 年的 29.05 亿元人民币，同比增长 39.87%，如图 4-3 所示。

截至 2022 年底，我国网络文学作品的翻译语种达 20 多种，触达东南亚、北美、欧洲和非洲的 40 多个国家和地区。在未区分重复授权、多语种翻译、授权地区以及海外原创等因素的情形下，2022 年，我国网络文学出海作品总量约为53.93万部,相较2021年,增长了71.42%。我国网络文学出版行业已成为中国文化走向世界的名片,有力地推动了中华文化海外传播体系的建设。

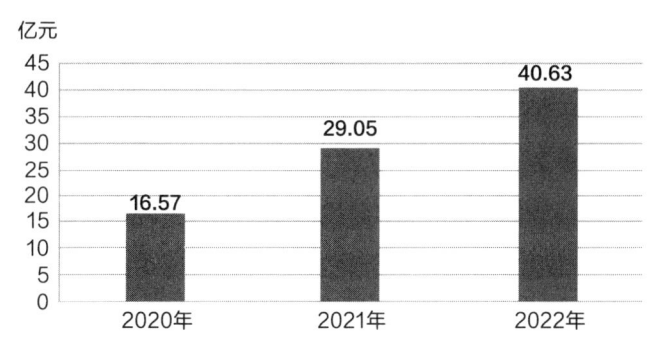

图4-3　2020—2022年我国网络文学出版行业海外营收规模

我国网络文学出版行业的主要特征

伴随数字技术和网络技术的应用和普及,自20世纪90年代以来,我国网络文学出版行业走过了从萌芽初创到蓬勃兴盛再到提质增效的发展历程。从初创的自发性、无功利性创作走向商业化、产业化的兴盛,再到当下全产业链生态、全版权运营体系和中国网络文学海外传播体系构建,我国网络文学出版行业正在迈向精品化和高质量的发展路径。

与此同时,作为一种文化现象,我国网络文学出版行业在初期类型化和娱乐化基础上,正在呈现更明显的精品化、产业化和国际化等主要特征。

(一)关注现实题材创作,内容精品化发展成为时代主流

2015年10月,中共中央出台《关于繁荣发展社会主义文艺的意见》,明确提出网络文艺充满活力,发展潜力巨大,要坚持建设、管理、发展、

引导并重的方针。同期,《关于推动网络文学健康发展的指导意见》《网络文学出版服务单位社会效益评估试行办法》《关于进一步加强网络文学出版管理的通知》等一系列政策的发布都为网络文学的健康发展和精品化路径指明了方向。我国网络文学出版行业也逐渐告别无序化竞争,进入规范化发展阶段,逐步呈现出健康、有序的发展态势。关注现实题材创作、反映人民真实生活的作品越来越多,题材多元化、内容价值化、服务精准化正在成为我国网络文学的时代强音。

同时,我国网络文学出版行业充分发挥自身在创作手法上的优势,能够将现实题材文学的虚构性发挥到更高的程度,从而使创作者能够突破思维上的禁锢,能够表现传统文学难以涉足的领域,给读者带来全新的阅读体验。[4]

2021年8月,国家新闻出版署公布了首批入选"优秀现实题材和历史题材网络文学出版工程"的作品名单,《王谢堂前燕》《关河未冷》《秦吏》《我不是村官》《大茶商》《他从暖风来》《情暖三坊七巷》《樱花依旧开》《重卡雄风》9部作品入选。2023年3月,第六届中国"网络文学+"大会向社会推荐了14部优秀网络文学作品,其中《长乐里:盛世如我愿》《生命之巅》等10部为入选作品;《重生:湘江战役失散红军记忆》《故巷暖阳》等4部为提名作品。这些作品从不同视角书写伟大民族、伟大时代,广受社会大众欢迎。

更加关注现实题材创作以及内容精品化正在成为我国网络文学出版行业发展的重要特征。

(二)产业规模持续扩大,IP产业链扩展,形成融合新生态

走过了20多年的发展历程,我国网络文学从无到有、从小到大、从弱到强。无论网络文学产业规模、作品总量、作者人数还是从业者数量都有了稳定且持续的增长,IP产业链的辐射能力、对多形态产品的创意支撑能力都显著增强。

协会的数据表明，2012—2022年，我国网络文学市场的总规模由24.50亿元增长至317.80亿元，增长了11.97倍；网络文学作品总量由2012年的800.20万部增长至2022年的3458.84万部，增长了3.32倍；同时，网络文学作品结构不断优化，"降速、减量、提质"已成为网络文学行业的普遍共识。网络文学平台注册作者规模由2012年的419万人增长至2022年的2387万人，增长了4.70倍；网络文学行业IP营收规模自2012年的0.06亿元增加到2021年的41.31亿元，增长了687.50倍；网络文学用户规模从2012年的2.30亿人增长至2022年的4.98亿人，增长了1.17倍。同期，运用AIGC、元宇宙、算法推荐、语音合成等技术，网络文学行业积极拥抱数字技术，在技术驱动下做大做强产业。

因此，在产业综合实力显著增强、对相关产业链影响力持续增强的情况下，我国网络文学出版行业的产业化扩张特征明显。

（三）模式出海已成共识，中华文化国际化传播渐成体系

自2012年晋江等网络文学企业开始在东南亚等地区加大力度推动网络文学作品的输出以来，我国网络文学"走出去"逐渐形成了从"作品出海""版权出海"到"模式出海"再到"文化出海"的发展路径，已经成为展现中国形象的重要窗口。

从内容上看，我国网络文学作品中包含大量历史人物、中医药、中餐、武术以及地方特色技艺等中华文化符号，作品的题材类型化也具有极强的中华文化烙印。随着网络文学出版行业不断将作品、平台、创作方式以及运营管理模式在海外持续深耕和布局，我国网络文学出版行业作为中华文化传承者和传播者，对推进中国故事和中国声音的全球化具有天

然的优势和义不容辞的职责。从前述协会的数据也可以看出，我国网络文学出版行业的出海营收规模从无到有，中国网络文学出版行业正在成为推动文明交流互鉴、传播中华文化的重要力量。

网络文学出版服务在中华文化海外交流基础扎实、主体多元、成效初显[5]。因此，我国网络文学出版行业的出海发展，正在成为行业践行高质量发展、构建更强大中华文化国际化传播体系的有力保障。

我国网络文学出版行业的出版价值

习近平总书记在中国文学艺术界联合会第十次全国代表大会、中国作家协会第九次全国代表大会开幕式的讲话中明确指出："对文艺来讲，思想和价值观念是灵魂，一切表现形式都是表达一定思想和价值观念的载体。离开了一定思想和价值观念，再丰富多样的表现形式也是苍白无力的。文艺的性质决定了它必须以反映时代精神为神圣使命。"

网络文学出版行业已成为我国思想文化和数字经济领域重要的组成部分，其对社会精神文明建设和经济发展起着越来越显著的作用。同时，基于价值理论是经济理论的基础与核心[6]，有必要从出版经济学角度来研究我国网络文学出版行业的功能目标和价值属性，以为我国网络文学出版行业的功能定位和管理目标提供指引。

另外，从壮大我国数字出版产业、推进出版业高质量发展、建设社会主义文化强国和出版强国等出版实践角度来看，也有必要对我国网络文学行业的出版价值属性进行研究。

（一）网络文学的"出版价值"

以知网的检索结果来看，对我国网络文学出版行业的价值研究更多地集中在其 IP 全产业链价值和价值创造方向，对所谓"出版价值"研究不多。那何为我国网络文学行业的"出版价值"呢？

我国出版工作的主要任务包括广泛深入宣传党的理论创新成果、培育和弘扬社会主义核心价值观、传播和积累科学文化知识、弘扬中华优秀传统文化、丰富和提高人民的精神文化生活、促进国际文化交流[7]。上述主要任务应该同样适用于我国网络文学出版行业。

从出版功能角度来看，这方面的研究较多。罗紫初[8]提出，出版具有"政治功能、经济功能、文化功能和社会功能"。周蔚华[9]认为，出版具有"传递信息、传播知识、传承文化、教化育人、提供娱乐"等功能。方卿等[10]在总结上述观点的基础上，提出出版具有"传播信息的文本功能、宣扬主张的理念功能、服务社会的社会功能"，认为社会功能还包括"政治功能、经济功能和文化功能"。

许苗苗[11]在研究我国网络文学的社会文化价值时提出，网络文学的独特价值，在于其参与设置社会文化议程的可能性，在于其能够反映网络经济生产模式的变革，在于其作为文学-经济实体的面貌上留下的外部规训机制烙印，在于其流行题材经由媒体技术分配的注意力策略。吴长青[12]提出，网络文学在本质上依然遵循文学艺术的规律，同时还有深层次的经济因素；中国网络文学将成为一种由自由消遣的大众文化走向马克思主义实践哲学意义基础上的新型文化形态，为中国数字经济社会发展贡献力量。干思雨[13]则明确提出，我国网络文学出版行业具有"商业价值、社会价值、娱乐价值和美学价值"等四个方面出版价值的观点。

综上，本文以我国出版业的"二为方针"和"双效统一"原则为基础，构建我国网络文学出版行业的出版价值模型，如图4-4所示。作为精神文化产品，网络文学作品的精神文化属性和数字经济属性同样突出。从价值论来看，我国网络文学行业具有显著的"思想价值、文化价值、技术价值和商业价值"。我们同时也要看到，思想价值对其他价值属性具有指导性和决定性，且文化价值、技术价值和商业价值之间也具有较强的互动性。

图 4-4　我国网络文学出版行业价值模型

（二）价值属性分析

作为影响力广泛的数字文化形态，网络文学作品以通俗易懂的语言和丰富的题材形式广泛反映各种社会现象、深度传播多元价值，在持续不断的全产业链扩张基础上，我国网络文学出版行业产业价值创造更加多元，[14] 包括思想价值、文化价值、技术价值和商业价值在内的价值体系日趋完整。

1. 思想价值

提出"思想价值"是我国出版的属性决定的。新时代的中国出版工作应以习近平新时代中国特色社会主义思想为指导，以习近平文化思想为根本遵循，紧紧围绕统筹推进"五位一体"总体布局和协调推进"四个全面"战略布局，坚持中国特色社会主义文化发展道路，坚持为人民服务、为社会主义服务，坚持百花齐放、百家争鸣，坚持创造性转化、创新性发展，坚持以多出优秀作品为中心环节，加强内容建设，深化改革创新，完善出版管理，推动出版业持续繁荣健康发展，加快出版强国建设步伐，更好承担"举旗帜、聚民心、育新人、兴文化、展形象"的使命任务。

认真贯彻党和国家有关出版工作的方针政策，可以确保以正确的出版理念切实承担起出版业的主要任务，确保以正确的政治立场、理想信念和价值取向影响社会大众，确保以正确的思想、健康的精神动力服务民族团结、社会稳定和国家安全。我国网络文学出版行业坚持正确的指导思想，提升作品和服务的思想价值，对推进我国出版强国任务建设、建设强大社会主义精神文明、巩固互联网文化阵地的社会主义意识形态属性具有重大的现实意义，这也是我国网络文学出版行业的安身之源、强基之本。

2. 文化价值

文化价值是网络文学行业的基本属性。作为一种网络精神产品和新的社会现象，在网络文学作品的创作、生产、传播和消费过程中，其知识传承、教育实践和娱乐载体等方面均表现出较强的文化属性。

在作品创作和生产过程中，基于思想性指导，网络文学作品必须承载具有知识性、科学性、教育性和娱乐性内容。无论是作家还是编辑对网络文学作品的内容策划、创作、选择和组织，无不将教育、美食、地理、历史、科幻等知识性、娱乐性内容融入其中，在不断的矛盾纠葛和情节演绎下，形成强烈的美学表达和深刻的文化内涵。在传播和消费过程中，通过互联网的即时性和广泛的触达能力，网络文学作品及相关的活动、评价，以及周边产品的教化属性和娱乐功能以潜移默化和润物无声的精神影响力不断陶冶着人们的情操、影响着人们的生活、支配着人们的行为。在此过程中，网络文学出版行业的文化价值得以充分体现。

3. 技术价值

网络文学出版是天然的互联网产物，是典型的技术驱动下的新兴出版业态。技术价值是网络文学出版的基本属性。

早期的网络文学出版是以 BBS、微博等社区服务形式呈现的。在网站普及之后，网络文学出版成为一个专业的互联网文化服务领域。近年来，在移动互联网和智能终端等网络技术推动下，随着 App 和微信小程序的广泛应用，网络文学作品的传播和消费渠道更加多元、服务模式更加丰富。尤其值得注意的是，在大数据技术、个性化推荐技术、语音合成技术以及 AIGC 技术不断发展的今天，网络文学出版行业不断实践技术应用创新，不断强化技术与内容、用户和渠道的融合，正在构建越来越强大和灵活的经营模式，形成更有价值的技术体系。

4. 商业价值

中国网络文学自诞生开始，就伴随着类型化写作而发展演绎。丰富的题材类型、强大的产业链扩张力、多元的业务模式和不断发展的海外影响力正在有效提升着我国网络文学出版行业的商业价值。

在类型化的基础上，近年来网络文学出版行业更加注重题材开发。一方面，在强化现实题材创作的同时，不断适应市场变化，将不同人群的需求和传统题材进行融合，形成了更为细分的网络文学题材类型体系，提升了网络文学作品的新颖度和多样性。另一方面，作为文化产业的上游，我国网络文学作品不断为下游影视、动漫、文创以及文旅提供创意资源，形成了较强的 IP 衍生扩展能力。近年来，基于网络文学作品的微短剧暴发，更体现了网络文学出版行业的产业扩张所展现的商业价值。

在传统订阅模式的基础上，我国网络文学出版行业的广告和流量经营也在不断取得进展。版权转让、线下活动等丰富的商业服务模式也在为行业价值提升提供商业上的开拓实践。与此同时，我国网络文学出版行业在海外的传播和扩张，也为行业发展提供了更为强大的商业价值。

总结

在国家政策指引和市场需求驱动下，我国网络文学出版行业的发展迎来了转型升级的高质量发展期。依托优势内容、强化衍生开发、开拓海外市场正在成为中国网络文学出版行业发展的新态势、新动能。

作为我国数字出版新业态的典型代表,从出版价值维度定义我国网络文学出版服务,有利于明确行业目标定位、功能属性和发展思路;明确包含"思想价值、文化价值、技术价值和商业价值"在内的网络文学出版价值框架,也可以有效服务于我国网络文学出版服务的持续健康发展;坚持思想价值引领,推动文化价值与技术价值和商业价值的深度互动与融合,更有利于形成高效发展的中国网络文学价值体系。与此同时,我们也必须看到,由于网络文学所在的互联网行业和数字技术的不断创新,中国网络文学行业的"出版价值"研究和挖掘及其评价体系和机制的建立,仍将是一个需要不断探索和持续变革的范畴。

网络文学出版服务是一种典型的数字出版业态,是开展网络出版服务的重要形式。网络文学出版服务工作者要把培育和弘扬社会主义核心价值观作为根本任务,用具有时代特色的思想、情感、审美去创作具有中国气派的优秀作品,形成更为强大的文化影响力、技术服务力和产业扩张力。

—— 参考文献 ——

[1] 人民网.深入学习贯彻习近平文化思想[EB/OL].(2023-10-11)[2023-10-15]. http://ztjy.people.cn/n1/2023/1011/c457340-40092668.html.

[2] 敖然,李弘,冯思然.我国数字阅读行业的发展现状、特征与趋势[J].数字出版研究,2023,2(3):67–73.

[3] 人民网.新技术与新美学造就新精品［EB/OL]. (2021-04-30)[2023-08-15]. https://baijiahao.baidu.com/s?id=1698415847743403494&wfr=spider&for=pc.

[4] 光明日报.用好网络文学手法 写好现实题材作品[EB/OL].(2023-04-17)[2023-09-05]. https://baijiahao.baidu.com/s?id=1730284529432526126&wfr=spi der&for=pc.

[5] 孙寿山.我国数字出版海外传播体系建设的意义及路径[J].现代出版,2022(2):9–11.

[6] 马克思.资本论(第3卷)[M].北京:人民出版社,1975:881–882.

[7] 国家新闻出版署出版专业资格考试办公室.出版专业基础(初级)[M].武汉:崇文书局,2020:25–28,19–20.

[8] 罗紫初.出版学理论研究述评[J].出版科学，2002(S1):4-11，17.
[9] 周蔚华.重新理解当代中国出版业[J].出版发行研究，2020(1):5-15.
[10] 方卿，许洁，等.出版学基础[M].武汉：武汉大学出版社，2022:36-40.
[11] 许苗苗.网络文学20年发展及其社会文化价值[J].中州学刊，2018(7):146-150.
[12] 吴长青.数字经济视域中的网络文学生产机制研究[D].合肥：安徽大学，2023.
[13] 干思雨.网络文学出版价值提升研究[D].合肥：安徽大学，2023.
[14] 郭馨梅，罗青林.文化产业价值创造的结构分析：基于同心圆模型的阐释[J].企业经济，2021，40(5):80-87.

产品层次理论视角下网络文学作品开发价值评估指标构建实践研究

| 丑越豪　王梦颖
| 浙江传媒学院

随着网络文学产业价值的提升，内容行业逐渐意识到了"文本创作"对整个娱乐行业的积极作用。目前，网络文学作品 IP 的改编，已逐步蔓延到音视频领域，如有声阅读、漫画、电影等，实现了文字作品向时空维度的传播，多维立体地将内容呈现在读者眼前。在"元叙事"成为网络文学平台运营新起点的情况下，将网络文学作品开发价值指标进行量化处理，可以更直观地评估在技术赋能时代下网络文学作品的价值内核。当前学界对网络文学概念的界定包含两个角度，在广义角度，依托网络设施完成作品创作与传播的过程都可以算作网络文学，这样大部分自媒体写作都可以纳入网络文学的概念范畴；在狭义角度，主要是指随着付费阅读商业模式的建立，在网站发表的类型小说。基于此，本文对网络文学的概念界定与研究对象选择采用狭义的视角，立足网络文学平台进行研究。

霍尔金[1]认为，网络文学作品是网络文学产业链的核心，通过进一步将网络文学作品开发成不同的媒介形式，如电影、动漫、游戏等相关产品，将实现不同领域产品间内容矩阵的构建，从而进一步促推产品变现。网络文学作品随着互联网的发展，其 IP 形式被不断开发，从而衍生出不同的产品形态。因此，创建网络文学作品开发价值评估体系指标具有更大的现实意义。但在作品开发的过程中，网络文学本身的价值也会不断增值，IP价值具有流动性，对其价值评估不能仅依靠文学内容本身开展，还需要考虑其转换过程中的运营价值和转换后的衍生价值。基于此，本研究将网络文学的作品生产价值、作品运营价值和商业衍生价值作为主要坐标，结合产品层次理论与层次分析法（AHP），构建网络文学作品开发价值评估指标体系。

本文采用AHP层次分析作为研究方法，结合产品层次理论作为研究模型框架进行分析。在该理论视角下，网络文学作品的产品五层次特征具体概括如图4-5所示。

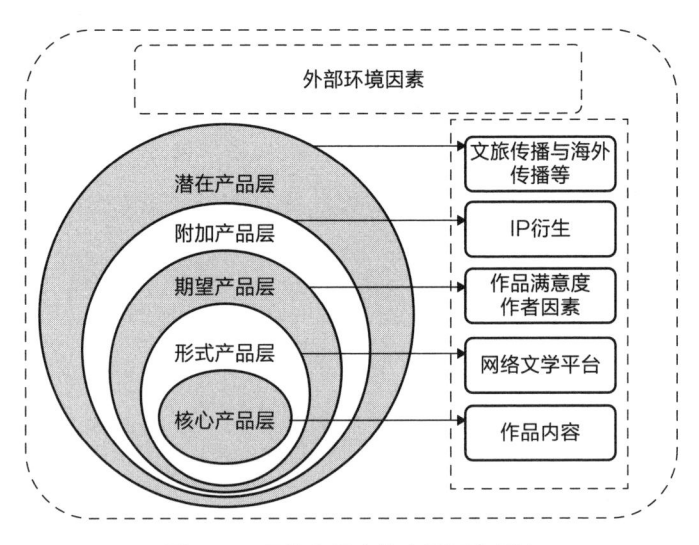

图4-5　网络文学中的产品层次理论

从产品层次理论视角出发，网络文学作品特征可以由五个层次逐级阐释，且包含了从内容本身到作品衍生等多个方面。但产品层次理论完全聚焦于产品本身，忽略了外部环境的重要作用。因此，本研究在基于产品层次理论的同时，加入了外部环境因素共同作为影响指标，通过外部环境和内部因素的综合视角研究网络文学作品，为后续构建"网络文学作品开发价值评估指标体系"提供了理论化支撑。

网络文学作品的三种价值要素构成

通过上文梳理发现，作品生产价值、作品运营价值和商业衍生价值可以作为网络文学作品的三种价值要素。结合产品层次理论，将各个层次与外部环境逐一归类在三种价值要素的所属当中，并分析出可能影响各个层级的具体指标，为后续评估模型的建构建立清晰的三级框架。

（一）作品生产价值

作品生产价值指向网络文学作品内容，包含外部环境和内部因素两个方面。纵观网络文学外部环境，政策导向、版权保护、市场竞争要素对网络文学作品生产具有重要引领作用，在一定程度上成为衡量网络文学作品质量的关键指标，因此，本研究在作品生产价值维度，将外部环境考虑在内，旨在以更为全面、综合的视角探讨生产价值评估指标。因而，在外部环境层面设计三级指标：政策导向、版权保护力度、市场竞争。同时，网络文学作品内容本身作为网络文学作品开发的核心和基础，其质量的高低会对作品运营和商业衍生产生影响，如若网文作品想要脱颖而出，就必须有高质量的内容，包括流畅的语言、有创意的情节、严密的逻辑和鲜明的人物角色。因而，将网络文学作品的核心产品层也作为评价作品生产价值的重要一环，具体指标包括作品热度、作品口碑、作品质量、作品导向。

（二）作品运营价值

作品运营价值主要体现在网络文学作品的形式产品层和期望产品层。在形式产品层中，网络文学平台对网络文学作品的承载、包装、传播作用是网络文学作品独有的产品特征。网络文学平台的浏览量、资源、推广指数等是网络文学作品成功运营的重要力量，而各大社交媒体也成了网络小说传播的分销渠道。由此，在形式产品层中提出指标：网文平台访客数、网文平台推广力度、网文平台的跨媒介扶持力度、社交网站的作品宣传力度。同时，期望产品层中的作者与IP改编也是作品运营过程中的重要环节，因此也将其置于作品运营价值的范畴。在期望产品层中，最关键的是读者对作品及其改编后产品的满意度，进而提出三级指标：作品的改编潜力、改编后作品的满意度、作品改编团队的专业度、作者影响力。

（三）商业衍生价值

网络文学作品的商业衍生价值主要体现在附加产品层和潜在产品层。从附加产品层看，要判断网络文学作品是否能创造出文本价值之外的市场价值，最主要是通过相关作品的销量和广告植入来判断，因此提出三级指标：原著作品是否被购买版权、作品IP的衍生品销量、作品中所植入的品牌数量。从潜在产品层看，网络文学作品的效用不仅限于内容或改编产品层面，更需判断其对社会的影响。据调查发现，部分作品被地方文旅局所运用，例如，绍兴柯桥以网文《狼毫小笔之云门香雪》为主题开设了一条网络文学IP旅游路线。另外，网络文学也逐渐成为文化传播的手段，例如顾漫的系列小说在越南的网站上广为流传，点击量和浏览量居于高位。基于此，提出第三级指标：网文作品的文旅开发可能、网文作品的海外传播。

网络文学作品开发价值评估模型构建

网络文学作品作为网络文学产业链的源头，为整个网络文学产业创造了巨大的经济效益，也为影视业、游戏业等行业带来了新机遇。据相关报告显示，截至 2022 年，新增网络文学作品高达 300 余万部，IP 版权运营市场规模超过 2520 亿元，预计到 2025 年将突破 3000 亿元。[2]

（一）指标评估

为了判断网络文学作品开发的可能，推动网络文学产业蓬勃发展，需要从网络文学作品这一关键引擎出发提出指标维度。因此，本研究从网络文学作品的开发价值出发，结合网络文学作品的产品特征，提出 3 项一级指标、6 项二级指标和 21 项三级指标，旨在构建网络文学作品开发价值评估指标模型，为推动网络文学产业发展提供理论和实践支持。

1. 作品生产价值指标

（1）政策导向。政策导向指的是政府部门对网络文学作品题材的支持偏向，它可以通过当前网络文学各项报告文件得以体现。如在"2023 中国国际网络文学周"活动中，官方对各类型网文题材创作的支持，就可以作为判断某一类网络文学作品政策导向力度的依据。

（2）版权保护。指的是网络文学作品的版权保护力度，与政府发布的各类文件息息相关，具体可以通过版权保护相关文件的发布频率、发布时间、发布数量等指标得以反映。

（3）市场竞争。指的是某一部网络文学作品在这一类题材中脱颖而出的能力，具体结合网文热度、讨论度等作品综合评价指标。

（4）作品热度。作品热度主要反映作品在受众心中的受欢迎程度和影响力，它可以通过作品的点击率、阅读量、评论数量、点赞数量以及分享数量等数据来具象化体现。

（5）作品口碑。作品口碑是读者对作品评价和反馈的重要体现，主要以评分、评论等方式呈现。口碑良好说明作品内容的质量、吸引力和可信度等方面得到了读者的认可。

（6）作品导向。作品导向是指网文作品所传达的思想、价值观和社会影响力。良好的导向可以引导读者树立正确的价值观，传递正能量，从而对读者产生积极的影响。

（7）作品质量。作品质量是衡量网文内容价值的核心指标，主要包括语言文字水平、故事情节构思、人物塑造、内容深度等方面。高质量的作品不仅要能够吸引读者的注意力，还要能够使读者产生共鸣，从而产生更深刻的影响力。

2. 作品运营价值指标

（1）网文平台访客数。平台访客数可以通过衡量网文平台上访客的数量和流量，以及作品的受众覆盖面得以反映。

（2）网文平台推广力度。推广力度是指网文平台为推广作品所投入的资源和力度。在网文平台的推广下，作品可以获得更多的曝光机会和受众关注度，进而提高作品的知名度和影响力。

（3）平台的跨媒介扶持力度。跨媒介扶持体现在网文平台为作品提供的跨媒介支持和合作机会上。通过与其他媒体平台的合作和推广，作品可以扩大其影响力和覆盖面，提高作品的知名度和商业价值。

（4）各网站的作品宣传力度。作品宣传力度是指网站为推广作品所投入的资源和力度。其他网站对作品的积极宣传和支持可以提升作品的曝光率和受众关注度，提高作品的知名度和影响力。

（5）作品改编团队的专业度。网络文学作品可以通过改编为影视、动漫、游戏等形式，拓展其传播渠道和受众群体。因此，专业的改编团队更加具备将文学作品进行成功改编的技术与创意，并保证作品的质量和市场价值。

（6）作者影响力。网络文学作者在网络文学平台上具有重要地位，其知名度和影响力可以直接影响作品的关注度和受众群体。一个具有影响力的作者能够吸引更多的读者关注和阅读其作品，进而提高作品的价值和市场前景。

（7）作品改编潜力。当文学作品具有较高的改编潜力时，可以转化为其他媒体形式，如电影、电视剧、动漫、游戏等，进一步实现网络文学作品 IP 的多维度开发。此外，对网络文学平台而言，拥有具备改编潜力的作品资源也是提升其作品运营价值的重要因素之一。

（8）改编后作品的满意度。改编后的作品质量是衡量改编成功与否的关键因素之一。在选择和评估潜在改编作品时，网络文学平台需要充分考虑作品改编后的满意度以及市场前景等因素。

3. 商业衍生价值指标

（1）衍生产品热度。衍生产品热度指网络文学作品所衍生出的产品在市场上的受欢迎程度和关注度，可以反映作品的品牌形象和市场口碑，进而影响其商业价值和市场前景。这可以通过市场调研、网络热度指数等手段进行衡量，如衍生产品的搜索量、话题讨论度、用户评价等，数据主要由各个社交媒体平台提供。

（2）作品 IP 衍生品销售量。作品 IP 衍生品销售量指基于网络文学作品的 IP 所开发衍生品（如玩具、服饰、饰品等）的销售数量。作品 IP 衍生品的销售量可以反映作品在市场上的受欢迎程度和商业价值。一个具有高销售量的衍生品往往意味着作品拥有广泛的受众群体和强大的市场潜力。

（3）作品的品牌植入数。指的是网络文学作品在各类品牌植入活动中的参与数量。品牌植入是一种有效的商业推广手段，通过将作品中的元素或故事情节与品牌进行结合，提升作品的曝光度和商业价值。作品的品牌植入数可以反映作品在商业推广中的潜力和吸引力。

（4）作品游戏化。网络文学作品同样具备改编为游戏的潜力。作品游戏化的成功与否可以通过游戏的下载量、活跃用户数、盈利能力等指标进行衡量，这些指标可以反映作品在游戏领域的受欢迎程度和市场竞争力。

（5）作品 IP 与文旅融合。网络文学作品可以与文化、旅游等产业进行融合发展，通过打造主题公园、文化创意产业园等方式，将作品的品牌形象和故事情节以更具象化的形式呈现给受众，进一步提升作品的品牌价值和市场影响力。作品 IP 与文旅融合的成果可以通过游客数量、旅游收入、社会影响力等指标进行衡量。

（6）作品的海外传播。网络文学作品在海外市场的传播和影响力同样是衡量其商业衍生价值的维度之一。随着全球化的不断深入，海外市场对网络文学作品的需求日益增长。作品的海外传播可以通过翻译作品数量、海外读者评价、海外版权销售等指标进行衡量，这些指标可以反映作品在全球范围内的影响力和市场潜力。

（二）综合价值评估模型构建——基于 AHP 层次分析法

本研究通过问卷法的形式向专家组发放问卷进行咨询，问卷设计除却基本用户信息，主要问题均以 1—9 标度法，将评价指标两两比较，确定两者的重要关系，最后完成重要性权值计算。最后以全部专家的算术平均数作为最终依据，并通过一致性检验（CI 值、CR 值均小于 0.1），保证评估模型的合理性。

首先，基于前文对各指标构成要素的描述，无须将元素重新拆解，因而可以直接按照一级指标、二级指标、三级指标顺序进行分层排列，从而构造出层次结构模型，如图 4-6 所示。

其次，将每一层的元素与上下层相连，形成判断矩阵。本研究采用的是算数平均法：第一步，将判断矩阵按列归一化；第二步，将归一化的列相加；第三步，将相加后的每个元素除以判断矩阵维度，得到相应权重，即最终结果。随后，分别对每个判断矩阵进行一致性检验，以确保权重的合理性。一致性检验标准采用萨蒂（Thomas L.Satty）提出的相关取值表，如表 4-1 所示。

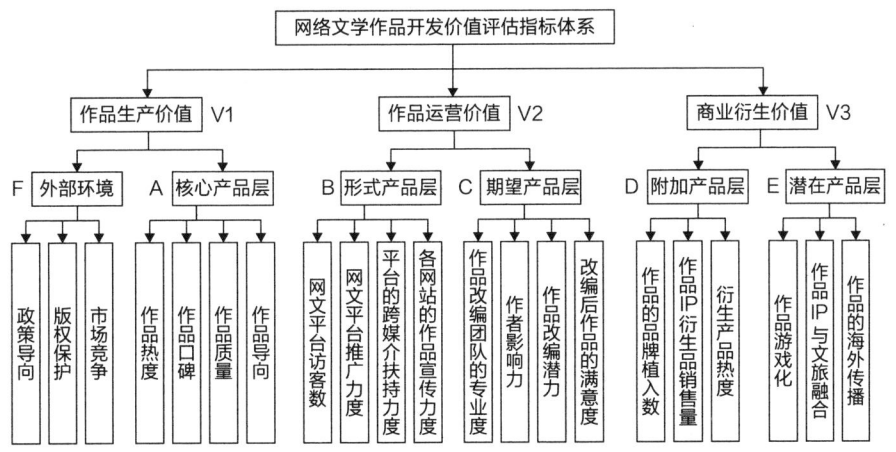

图 4-6 网络文学作品开发价值评估指标模型

表 4-1 一致性检验标准的相关取值表

n	1	2	3	4	5	6	7	8	9
RI	0	0	0.58	0.90	1.12	1.24	1.32	1.41	1.45

（1）求取最大特征值，公式为：

$$\lambda_{max} = \frac{1}{n}\sum_{i=1}^{n}\frac{(AW)_i}{Wi}$$

（2）计算一致性指标 CI，公式为：

$$CI = \frac{\lambda_{max}-1}{n-1}$$

（3）计算一致性比例 CR，公式为：

$$CR = \frac{CI}{RI}$$

最后，构建层次总排序，形成网络文学作品开发价值评估指标权重表，如表 4-2 所示。

表 4-2　网络文学作品开发价值评估指标权重

一级指标	二级指标	三级指标	测量指标	综合权重
V1 作品生产价值 0.524 7	VF 外部环境 0.222 6	政策导向 VF1 0.067 7	宏观政策对不同题材的支持力度，由专家打分	0.067 7
		版权保护力度 VF2 0.116 6	政策数量、政策发布频率	0.116 6
		市场竞争 VF3 0.038 3	不同题材赛道的竞争度，由专家打分	0.038 3
	VA 核心产品层 0.379 9	作品热度 VA1 0.102 0	各平台的点击量、评论数（总和）	0.102 0
		作品口碑 VA2 0.039 4	各平台读者的评论分析	0.039 4
		作品导向 VA3 0.051 4	作品中所涉及的核心价值取向	0.051 4
		作品质量 VA4 0.186 9	专家打分	0.186 9

（续表）

一级指标	二级指标	三级指标	测量指标	综合权重
V2 作品运营价值 0.333 8	VB 形式产品层 0.246 3	网文平台访客数 VB1 0.020 0	网文平台自身的热度	0.020 0
		网文平台推广力度 VB2 0.066 0	作品内容的热度指数	0.066 0
		平台的扶持力度 VB3 0.117 2	网络文学平台扶持力度，改编作品的数量	0.117 2
		各网站的作品宣传力度 VB4 0.043 1	平台话题数量，上热搜次数	0.043 1
	VC 期望产品层 0.163 0	作品改编团队的专业度 VC1 0.044 5	历来该团队的改编作品评分，基于豆瓣	0.044 5
		作者影响力 VC2 0.010 9	读者对作者的满意度调查	0.010 9
		作品改编潜力 VC3 0.020 8	作品题材潜力和市场潜力，是否具有话题性	0.020 8
		改编后作品的满意度 VC4 0.086 8	各平台作者的粉丝数总和	0.086 8

（续表）

一级指标	二级指标	三级指标	测量指标	综合权重
V3 商业衍生价值 0.141 6	VD 附加产品层 0.102 8	作品的品牌植入数 VD1 0.036 2	改编剧中涉及的品牌广告植入数量	0.036 2
		作品 IP 衍生品的销售量 VD2 0.035 7	淘宝、抖音等电商平台的销售量	0.035 7
		衍生产品热度 VD3 0.030 9	相关衍生品在小红书、微博、抖音等平台的话题量	0.030 9
	VE 潜在产品层 0.076 7	作品游戏化 VE1 0.020 9	是否将作品改编成游戏	0.020 9
		作品 IP 与文旅融合 VE2 0.046 6	是否将作品内容实体化、旅游相关产品	0.046 6
		作品的海外传播 VE3 0.009 2	作品是否被翻译成外国语言，在海外平台传播	0.009 2

（三）案例分析

为验证网络文学作品开发价值评估指标的科学性，将对 17 部网络文学作品的开发价值进行模拟评估。选择的案例均以被改编后的网络文学作品为样本，样本信息均来源于豆瓣、微博，以及起点中文网、创世中文网、晋江文学城三大网络文学网站。将 17 部网络文学作品分别进行打分（1—10分），并根据总分进行排名得出结论，如表4-3所示。

表4-3　17部网络文学作品开发价值评估结果

网络文学作品	作品生产价值/亿元	作品运营价值/亿元	商业衍生价值/亿元	总分	排名
赘婿	4.994 7	3.769 5	1.586 7	10.350 8	1
少年歌行	4.961 2	3.617 5	1.623 2	10.201 8	2
且试天下	4.859 6	3.617 5	1.623 2	10.100 2	3
雪中悍刀行	4.885 7	3.604 5	1.504 7	9.994 9	4
诡秘之主	5.245 5	3.613 3	1.112 7	9.971 5	5
择天记	5.086 9	3.440 8	1.343 2	9.871 0	6
校花的贴身高手	5.024 3	3.540 5	1.157 6	9.722 4	7
慕南枝	5.000 9	3.128 2	1.386 4	9.515 5	8
庆余年	5.049 4	3.041 7	1.180 3	9.271 4	9
遮天	4.813 8	3.080 4	1.351 4	9.245 6	10
凡人修仙传	4.993 5	3.165 6	1.004 3	9.163 5	11
全职高手	5.054 3	3.264 1	0.542 8	8.861 1	12
大奉打更人	4.758 6	3.421 2	0.586 6	8.766 3	13
夜的命名术	4.827 8	3.347 9	0.297 7	8.473 4	14
第一序列	4.844 0	3.132 8	0.421 9	8.398 7	15
庶女攻略	4.783 0	3.182 1	0.146 1	8.111 3	16
完美世界	4.099 0	2.315 2	0.146 1	6.560 4	17

结论

通过研究发现，网络文学作品开发过程中作品生产价值维度的指标权重最高，其次为作品运营价值和商业衍生价值。通过逐级分析网络文学作品开发过程中各个价值向度的重要性程度，进而明确网络文学作品开发过程中应该完善和注重的方面，从而提高网络文学作品开发效率，充分发挥网络文学作品价值。

（一）作品生产：重视产业政策导向，提高作品内容质量

网络文学的作品生产价值主要会受到外部环境因素和核心产品层要素的影响，涵盖了网络文学作品本身题材或内容是否值得被创作以及被创作后的质量好坏。直接从内容聚焦网络文学的底层指标，探究内容发展的有效路径。通过上述研究发现，作品生产价值的指标占比较高，总共占比52.47%。

研究表明，外部环境因素主要占据总价值维度的22.26%，其中，政策导向和市场竞争力度分别为6.77%和3.83%。可以看出，政策导向会直接影响不同题材作品的创作数量，而市场竞争在影响作者创作意愿的同时也侧面反映出了不同题材的受欢迎程度。例如，在政策导向方面，游戏题材的作品也可能会对青少年群体产生较大影响，《网络出版服务管理规定》就明确提出需要确保游戏竞技题材的内容积极向上，不含有过度暴力、不良竞技行为或其他违反规定的内容；在市场竞争方面，随着电子竞技和游戏产业的发展，我国游戏和竞技题材受到年轻读者的追捧，游戏、竞技题材的市场需求迅速增长，2022年，上海市政府也表示支持电竞产业发展，其中包括游戏竞技题材的网络文学作品，竞争激烈程度可见一斑。

核心产品层在总体价值维度中占比37.99%，其中作品质量占比18.69%，可以明显看出在网络文学作品开发价值评估中，作品因素占据了主导地位，再次证实了作品质量在网络文学价值中的核心地位。新媒体时代对效率的追逐可能会导致部分作者采取一些策略追逐收益，例如增加冗余剧情、拉长作品时长等。在案例分析中发现,《校花的贴身高手》

一文就存在该现象,而在其评论区中读者的评价也相对较差。这种做法可能仅能在短期内带来微薄的效益,从长期来看,这种行为会降低作品的故事性和可开发性,进而损害作为核心竞争力的作品质量。

(二)作品运营:实现作品跨媒介开发,打造作者个人品牌

网络文学的作品运营通过形式产品层和期望产品层的各项指标集中体现,并具体落实到网络文学平台的各个维度,在总体价值指标中占比33.38%。其中,形式产品层和期望产品层分别占比24.63%和16.30%。

在形式产品层中,网络文学平台是否愿意为作品提供更多推广渠道起到了至关重要的作用。在平台的跨媒介扶持力度方面,采取跨界合作的方式可以有效赋能网络文学作品开发。与其他媒体领域,如影视、动漫、游戏等开展合作,将网络文学作品转化为不同的媒介形式,拓宽作品的传播渠道和受众群体。网站对网文作品的推广也是内容能否成功的关键。可以通过信息流广告投放进行作品的软性传播,让潜在读者更加容易接受。例如,番茄App就与抖音平台合作,通过有声书解读配图的方式在短视频平台利用软广实现作品的推广。平台也可以培养和包装属于自己的签约作家,打造平台和作家的品牌形象,增加作品的吸引力。

在期望产品层中,可以看到作者影响力与专业改编团队的影响力占比较大。因此,网络文学平台可以培养一批属于平台自身的作者,并为作者进行个人运营,打造良好的作者形象,从而完善作品的传播链条,增强读者黏性。在案例分析中发现,猫腻作为《庆余年》的作者,已经出版了多部具有较高影响力的作品,并在读者中聚集了一定数量的粉丝。因此与知名度较低的作者相比,他的其余作品更容易受到读者的青睐,进而引起大众和影视开发商的关注。网络文学作者的明星效应不容忽视,作者自身的写作实力和粉丝号召力对网络文学的成功开发具有积极的推动作用。此外,网络文学作品在作品开发与衍生过程中,

主创团队通过巧妙的二次创作策略提升影像转换的魅力，以打造更具影响力的改编剧。与原创电视剧不同，网络文学改编剧的主创团队不仅要注重提高剧集质量，还需充分考虑作品的还原度及原作粉丝的需求。对一些题材敏感的网络文学作品，在影视化的过程中需要对故事架构进行调整，这时经验丰富的导演和编剧需要对故事情节进行合理补充和修改，同时保持故事的连贯性和完整性。以《全职高手》为例，其在改编过程中进行了较大程度的改动，许多原作粉丝认为改编后的情节更加丰富连贯。

（三）商业衍生：提高产品宣发力度，加强海外传播与文旅融合

网文的商业衍生价值由附加产品层与潜在产品层组成，与作品的IP衍生产品及游戏、文旅及海外传播等领域的发展相关，虽然总体占比为14.16%，相较于另外两个维度较低，但仍然是不可忽视的一环。

从附加产品层的三项指标来看，各项指标的占比较为相似。其中衍生产品热度稍高于其他两项，可见在新媒体时期，社交媒体平台的话题量与讨论度对产品的商业衍生价值有较大影响。因此，网络文学平台在进行内容传播时，需要在不同的社交媒体平台分别创建不同话题进行传播，扩大作品的讨论度。平台可以通过互动营销的方式，与读者进行互动和交流，了解大众的阅读偏好和需求，并以此为依据优化作品的推广策略和内容呈现方式。

从潜在产品层来看，IP的文旅融合是作品成功的关键。浙江丽水的畲族自治县，就有着一个畲乡网络文学村。畲乡网络文学村已与番茄小说、纵横文学等网络文学平台共同创建了"作家基地"，并与海峡文艺出版社达成共同开发"畲族题材"的战略合作。这些合作使畲乡网络文学村的建设取得了初步成果，其品牌影响力进一步扩大。[3]不仅为当地带来了直接的经济收益，还通过让创作者身临其境地体验畲寨，激发了

他们在作品更多地中融入景宁和畲族元素，充分发挥了文旅融合效应，助推网络文学的二次传播。

结语

AHP 具有主观和客观两种属性，而这两种属性恰好适用于以感性为评判标准的文化领域，因此本研究使用这一方法具有可行性。通过主观和客观相结合的开发价值评价方式，使评价指标体系的构建和权重的计算更为合理。研究结果显示，运用全版权运营的思维可以更好地挖掘网络文学作品的开发价值。虽然网络文学作品自身价值对开发价值的影响占比最大，达到37.99%，但是仍然不能忽视作品运营和商业衍生价值对网络文学作品开发价值的影响。近年来，随着动漫、影视、游戏、文娱产业的迅速崛起，对网络文学作品的开发也得到了普遍关注，不同类型的网络文学作品与不同的媒介作品形式有着不同的适配度，"作品—影视—商品"的产业链开发模式可以有效延展网络文学作品的自身价值，有助于更好地实现网络文学作品开发价值。

参考文献

[1] 吴姣姣. 网络文学 IP 影视改编权的价值评估研究 [D]. 武汉，中南财经政法大学，2022.
[2] 社科院发布 2022 网络文学报告：市场规模 389.3 亿元，作家超 2278 万 [EB/OL]. (2023-04-11)[2023-06-16]. https://export.shobserver.com/baijiahao/html/601298.html.
[3] 中国作家网. 赋能乡村振兴，网络文学大有可为. [EB/OL]. (2023.05.26)[2023-06-16]. http://www.chinawriter.com.cn/n1/2023/0526/c404023-32695123.html.

我国网络文学版权生态治理的关键问题及对策刍议

赵一洲
北方工业大学文法学院

作为一种紧密依托数字媒介与网络传播的文学艺术形态，网络文学在创作主体、题材内容以及消费模式上拥有鲜明的自身特点，且多元性和下沉性十分突出。与此同时，我国庞大的人口规模、广博的文化样态和情绪多元的社会生活更是为网络文学的发展壮大积淀了深厚土壤。纵观全球，中国已培育出产业链最为成熟、收益最为可观、辐射效应为最广泛的网络文学市场。中国社会科学院发布的《2023中国网络文学发展研究报告》[1]显示，从宽口径测算，截至2023年底，我国网络文学市场的产值已达404.3亿元，读者数量达5.37亿，作者规模达2405万。历经20余年的探索，网络文学在我国已由爱好者主导的非职业化写作交流变为拥有成熟结构与模式的独立产业。与此同时，体量庞大的中国网络文学产业多年来却一直面临版权治理上的困境：抄袭、盗版频发却难以遏制；原创作者和签约平台企业间力量对比悬殊，作者权益难以得到保障；版权许可交易、版税结算秩序略显散乱……这些多年仍未改善的结构性矛盾不仅打击了原创者的创作积极性、影响了优质内容的生产传播，更阻滞了我国网络文学产业的升级转型和高质量发展。针对上述问题，理论界和实务界虽已提出不少应对措施，但产生的积极效果十分有限。据此，本文旨在另辟蹊径，摆脱"权利保护"

为中心的单一视角,"以版权生态的综合治理"这一复合视角为进路,在更贴合产业运作逻辑的基础上,定位我国网络文学产业版权治理的关键问题并提出相应对策,为我国网络文学产业的版权治理提供新思路。

我国网络文学市场的主要特点

准确把握我国网络文学的产业特点及发展规律是厘清其相关版权问题、制订可行解决方案的前提和基础。应当看到,经过20多年的发展,我国网络文学市场形成了一些独有特点。这些特点既决定了我国网络文学作品在生产、流通及消费上的结构特性,也在一定程度上影响了我国网络文学产业版权生态的演化轨迹,成为相关版权问题产生的根源。

(一)市场体量庞大

我国网络文学市场在全球范围内拥有体量最为庞大的内容生产和消费群体。从生产侧看,如前文数据所示,我国网络文学作者及作品数量均已达千万级,而近年来每年新增的网络文学作者和作品数量也以百万计。从消费侧看,我国网络文学市场的读者数量逾5亿人,已占我国网民总数的近一半之多。这无疑体现了我国网络文学"万众创作"的生产特点和广泛的消费群体基础。海量的创作者带来了题材与风格丰富、总量充足的内容供给,读者也由此产生了多元、旺盛的消费需求,二者互为依托,形成良性循环,成为我国网络文学市场发展繁荣的基础和底气。与此同时,这种庞大的市场体量也使我国网络文学产业内部的利益关系极为复杂,若对其做出调整,则往往牵一发而动全身。因此,各参与主体往往不愿轻易参与到网络文学产业的制度变革和产业规则调整中,从一定程度上增加了网络文学产业治理的难度。

（二）产业生态独立

与世界其他国家及地区颇为不同，我国网络文学市场并非传统文学出版市场的数字化延伸。中国的网络文学随着互联网技术和商业模式的发展不断演进，以海内外中文文学爱好者在电子论坛的部落性、非商业化聚集交流为发端，经历主题化、社群化的类型小说商业性生产，最终演化为平台化、社交性、全民参与的流行文学产业化运营。上述发展历程也决定了中国网络文学逐渐拥有了独特的作者群体、创作手法、营销手段和消费对象，成为一种相对独立于严肃文学和传统出版的文化现象与产业生态。[2] 作者群体上，网络文学作者的身份认同抽离于社会身份和文化圈层，更多依靠读者认可和兴趣交流实现。创作手法上，网络文学相较于传统文学拥有更多创作自由，形成了更为包容、多元的审美意识和超出传统生活体验和社会规训的叙事架构，题材更为多样、题材子类型更为细分。营销手段上，因网络文学作品首次发表必须通过网络空间实现，发行的时空异步性淡化，多渠道分发、平台化传播、精准推送、互动营销的特征十分明显。消费对象上，网络文学的消费群体构成多元、偏好细分，整体具备较强的下沉性，审美大众化特征鲜明。以上特点使我国网络文学产业形成了相对封闭、独立的产业生态，生产者、流通者和消费者在实践中形成了独特的话语体系、评价机制乃至价值信仰。

（三）消费场景和作品呈现方式多元

相较于传统的严肃文学，我国网络文学的通俗与流行化也使其具备了更强的多场景消费需求和多媒介呈现性。诸如通勤、旅行等碎片化时间以及重复性劳动间隙和专门消遣时段等成为我国网络文学消费的重要场景，而这些场景需求也促使以文字为原初载体的网络文学不得不通过有声读物、视频解说等更多媒介方式呈现，且依托设备亦十分多样，既包括 PC 端，亦包括手机、电子阅读器、音箱等便携设备。除内容的阅读和收听等直接消费场景外，基于作品内容的线上和线下互动等参与性消费场景也是我国网络文学产业的重要支撑。读者通过评论、投票、沉浸式体验等互动方式参与网络文学的销售甚至创作环节，强化了消费者与创作者间的联系与认同。此外，基于作品文字内容开发的各类 IP 衍生品也为广大消费者提供了阅读文字之外的更多消费新体验。消费场景和呈现方式的多元化，客观上极大拓展了网络文学作品的价值兑现空间，增强了权利人、平台企业对网络文学作品进行区分定价和流量冲击的可操作性，但同时也加重了网络文学作品版权许可与利用的碎片化，增加了版权管理的难度。

（四）平台化运营、数据与流量主导

我国网络文学作品庞杂的题材内容和层次多样的读者群体决定了其商业化运作依赖于网络效应和较高的资源集中度，这也必然导致网络文学作品贩售主体的平台化。[3] 客观而言，相较于规模较小的独立内容商，平台企业资源优势显著，资金与技术实力雄厚，也有更强的版权保护和运营能力，因此能够为读者带来良好的用户体验。与此同时，网络平台经营也进一步凸显了数据和流量的价值。一方面，面对差异化程度高、规模庞大的读者群体，精准的市场定位和内容投送成为网络文学平台企业提高用户黏性、维持营收的重要手段，而这无疑需要对用户行为数据进行深度分析，并依据用户需求数据调整作品创作和采买方向。另一方面，与实体图书的盈利模式不同，平台为尽可能斩获更多的用户访问和付费订阅量，会最大限度地实施差异化定价和销售策略，搭建如整本订购、章节订阅、会员订阅、广告收入等多种营收模式组合，而多元化收入的实现又以用户的访问量为基础，由此，流量成为直接关联平台企业经济效益、决定平台间竞争成败的关键。但对流量的过于推崇，无疑将异化作品的评价和销售策略，加重网络文学市场"有流量但无质量"的困境，文学作品的创作水准与版权价值不成正比的问题一时难以得到解决。

（五）产业链长、全版权运营能力强

产业链较长是我国网络文学市场的又一重要特点。相较于域外影视、戏剧、游戏产业所依托之文字作品"底本"开发市场相互独立的结构特征，我国网络文学作品"多栖开发"的特点显著。依托一部网络文学作品进行动漫、电视剧、网络剧、微短剧、游戏、歌曲、周边产品等深度改编和衍生开发已成为我国网络文学产业的经营常态，这也使我国网络文学作品的产业链较长。近年来，在政府政策扶持和行业推动下，网络文学产业的上游内容生产、中游版权开发和下游产品兑现间的链路融合已相对成熟，网络文学作品全版权运营已较为普遍。中国社科院发布的《2023年中国网络文学发展研究报告》统计，我国网络文学IP市场规模已高达2605亿元，足见网络文学作品版权的增值和拓展能力。

（六）海外市场拓展迅速

与影视、戏剧、舞蹈等作品类型相较，近年来，我国网络文学作品的出海势头甚猛。网络文学作品的海外布局模式已由单纯的版权许可逐渐向复合的本地化运营和衍生演进。中国音像与数字出版协会发布的《2023中国网络文学出海趋势报告》统计数据显示，中国网络文学行业2022年海外市场营收规模达40.63亿元，影响东南亚、欧洲、北美、非洲的40多个国家和地区，[4]涉及题材众多、惠及作者群体庞大。网络文学已成为中华文化海外传播体系的重要组成部分。网络文学作品的海外输出切实增强了我国的文化影响力，反哺了作品内容的探索与创新，为广大创作者和内容运营商带来了经济收入和行业声誉。但与此同时，也在运营能力、制度衔接和跨境维权等方面给我国网络文学产业带来新的考验与挑战。

我国网络文学版权生态治理的重点问题

在内容产业视域下,版权并非仅是单向度的法规意义上的权利宣示,更是贯穿内容生产、传播与消费等经济活动的价值中介。相应地,版权问题的治理不仅是为了社会秩序的安定,更是为了维持内容生产、传递与消费过程中的福利平衡,实现产业经济活动的繁荣。从动态的视角看,内容产业中的各主体以版权作为制度纽带,进行着创作、传播和消费的"物质循环"。与此同时,基于版权的经济利益分配则是物质循环链路中的"能量流动",而上述过程的顺利实现又离不开以版权信息的传递和共享为主的"信息交换"。可见,作为一种产权制度的版权在产业内部形成了具备生态系统特征的运行体系,构成"版权生态"。秉持这种"版权生态观",有利于我们找到特定产业版权运行的底层逻辑,从更综合、全面的视角发现、解决版权问题。应当看到,不同产业的版权生态系统有着不同的发展阶段和特征。总体看,我国网络文学产业的版权生态结构属于"生产秩序依赖型"而非"责任秩序依赖型"。简言之,我国网络文学产业的内容生产者与经营者间的力量对比关系仍不稳定,处于对立博弈状态。这使我国网络文学产业的版权矛盾根源主要集中在产业链路靠前位置的"生产端",产业版权问题的解决更依赖对版权归属、版权许可秩序及版权价值流动等问题的处理。相应地,在生产关系尚未捋顺的情况下,探讨如何设计更为精密的规则以精准划定各主体的版权法律责任、如何加大侵权盗版的打击力度并不能从根源上改善版权红利难以兑现等现实困境。因此,建立能够符合产业运行逻辑的版权利益循环通道和行业游戏规则才是解决我国网络文学市场版权问题的突破口。按照上述思路,我们可以提炼出我国网络版权产业版权生态治理的关键问题。

（一）版权制度规范供给不足

制度规范供给不足是我国网络文学版权生态治理存在的基础性障碍。网络文学产业的版权交易主体多、产业链长、利益结构复杂，产生的版权问题因此需要更为精细、体系化且符合产业自身特点和发展规律的制度规范予以规制。目前我国在法律、行政法规等高位阶法上的立法风格一般为"宜粗不宜细"，多重视原则性、关键性问题的处理，而不直接碰触领域性、技术性过强的细节问题。因此，试图在《中华人民共和国著作权法》《中华人民共和国著作权法实施条例》中增添网络文学作品保护专项条款、专门针对网络文学作品细化现有法律规范的设想并不现实。比较务实的路径是，设立专门性、领域化、精细化的"下沉"版权制度规范（如部门规章、行业规范、行业技术标准、从业者行为准则、行业合同示范文本等）来增加制度供给层次上和内容上的丰富性。但目前看，上述"下沉"规范设计在我国仍处于缺位状态，大量潜在的规制空间未能释放，这既给本已相对完善的高位阶法律规范带来了巨大的制度解释压力[5]和社会误解（认为不断"修法"，专门为网络文学作品"立法"具有必要性）[6]，也使网络文学行业在版权问题上的妥协与共识长期无法被规范化、制度化。版权制度规范的供给不足不仅增加了侵权现象的发生和司法裁判的难度，[7]更削弱了作者、权利人在市场中的谈判地位，导致资本长期把持我国网络文学产业版权生态塑造的话语权，产业价值分配的结构性不公难以改变，最终也影响了创作者生产上的积极性和内容选材上的审美水平。

（二）抄袭及盗版问题

我国网络文学市场一直存在抄袭和侵权问题。就抄袭问题而言，多种因素共同导致我国网络文学市场的抄袭现象。①网络文学作品的传播具有即时性、分散性、广泛性特征，且相较于影视等其他作品类型，文字作品的信息迁移成本较低，"抄袭源"可轻易获得且信息极易被加工重组。[8] ②网络文学作品的通俗性和流行性较强，作品相对同质化，而数量颇为庞大的读者群体大多寻求的是阅读快感，对题材或内容相近的作品的创意差别要求并不高，审美也颇为宽容。[9] 因此，"抄袭"行为往往很难被识别，且规模效益高、成本低，由此降低了抄袭者的抄袭成本。③在"融梗""洗稿"等新类型网络文学作品抄袭行为的法律认定问题上，目前尚未建立相对清晰、稳定的裁判标准，[10] 影响了法律对网络文学作品抄袭行为的震慑力度。

相较于作品抄袭，盗版则是我国网络文学市场面临的更棘手问题。不同于影视、音乐等作品，数据体量较小的文字作品更易被整体性复制、传输，盗版行为成本极低。盗版作品形成平台化资源集中，通过绑定广告实现引流，形成了巨大的流量收益。此外，盗版主体多元、盗版行为隐蔽、侵权认定复杂也进一步加重了我国网络文学产业盗版问题的治理难度。盗版主体上，从境内外个人、社群再到专门经营盗版内容的平台网站均可成为实施盗版行为的主体，且搜索引擎、广告代理商、应用商店管理者等相关利益方甚至也纵容、默许或帮助盗版者实施侵权行为。从行为上看，各类技术与商业模式的叠加与组合增强了盗版行为的隐蔽性和复杂性，盗版产业链的结构更为成熟，打击难度越来越大。侵权认定上，立法和司法机关在深度链接、恶意导流的行为性质，网络服务商、搜索引擎、应用商店及内容平台的注意义务和责任边界等问题的解决有待进一步研究。

（三）许可与利益分配秩序不平衡

版权许可与利益分配秩序不平衡是我国网络文学产业一个长期未解决的结构性问题。在当前平台企业集内容生产商、内容发行商、消费终端提供商、IP运营主体等多个角色于一身的情况下，创作者与平台企业力量对比更为悬殊，作者在作品版权许可与利益分配问题上难有话语权，时常面临不公待遇。

一方面，从版权许可上看，平台企业强势、作者相对弱势已成为常态。作者为获得更高的曝光度，不得不与平台签署通常难以协商修改的格式化合同。平台主导的格式条款在平台与作者关系、作者人身权、作品归属、权利许可或转让、收益方式、合同解除条件等关键问题上往往过分倾向于平台企业，作者对作品的控制权很弱。即便个别平台提供了不同的合同类型供作者选择，但在合同为格式条款且释明程度不够的情况下，处于弱势地位的作者仍难以有效保障其权益。

另一方面，从利益分配上看，"买断""固定期限收益""比例分成"仍是我国网络文学作品常见的版权收益分配方式，且通常定价标准较为粗糙，许可权利内容不够清晰，收益往往打包核算，并未依据使用场景精细化管理。[11]加之独家许可的过度适用、集体管理介入不足，作者群体在版税分配问题上的自主决定权十分有限。此外，在作品IP衍生开发问题上，平台通常会设定较强的利益隔离条款，面对衍生作品后续巨大的开发潜能，原作者通常无法从中获得与之相匹配的收益期待。客观而言，现有的技术条件已经使长线版权许可链条的精准化管理和实时版税收益核算和分配成为可能，企业因此负担的成本并不像过往那么高昂。因此，版税分配与产业技术特点和消费模式的脱节问题并非不可解决。如何打破企业出于维持自身市场优势形成的制度惰性较为关键。其需要作者群体的联合和政府宏观层面的指导与干预。

此外，随着我国网络文学作品海外版权交易的增多，面对域外不同的制度体系和游戏规则，平台企业出于成本和风险的考量，更倾向于压缩作者在权利许可和收益分配上的谈判空间和处理自由。作品出海的机会虽然显著增加了，但作者无法充分享受其作品市场地域范围扩大带来的红利。作品出海版权许可与利益分配上的这种信息不对等，长久看会影响作者依托平台企业走向海外的积极性。

（四）版权信息与使用数据管理滞后

网络文学作为一种数字化、网络化的内容产业，其物料流通与实体书籍的物理空间转换十分不同。网络文学作品的流通本质上是数据的流通，且网络文学作品使用场景多、价值链长，对其流通情况的掌握需要更为健全的数据管理机制和稳定的数据通道。从版权保护的角度讲，如前文所述，"版权信息和数据"在版权生态系统承担着为物质和能量循环进行"信息交换"的重要角色。版权信息与数据，是版权权属的证明、作品流通的日志、权利人收益的账簿和权利维护的有效证据。版权许可的实施、利益回收和权利维护都需要以版权信息及相关各类数据作为依据。在应用场景极为多样、流通极为复杂的网络空间，网络文学作品负载的版权信息和流通数据"管不好"，也必将导致网络文学产业版权治理的"难"。

客观而言，当下我国网络文学产业的版权信息与数据管理水平仍较为滞后，无论从管理理念还是实际应用上看，均与网络文学产业的市场规模、技术应用水平和营销模式大幅脱节。作品的权属数据、许可数据、使用数据没有被系统地管理，且数据多由某个特定产业主体掌握，彼此隔离、标准不一，无法实现依靠一个体系打通全产业链的版权管理信息与数据交换。这无疑极大地增加了版权确权、许可、运营及维权的相关成本。

我国网络文学版权生态治理的主要对策

前文已将我国网络文学版权生态治理面临的关键问题予以提炼，据此，可制定相应之科学对策予以解决。理念上，应秉持综合的"版权生态观"而非单一的"版权保护观"，摆脱过往不同产业主体间缺乏"链—链"沟通合作，仅以自身利益及立场为出发点制定版权保护方案的窠臼，建立生产端、流通端和消费端相互关联的版权生态综合治理体系。具体方法上，应以制度供给、数据流通为基础设施，打通生产端、流通端和消费端间的版权治理策略，将可能的矛盾与风险分散于各端提前处理，避免积累、集中在某端。具体而言，可从以下几个方面入手。

（一）强化制度供给，建立治理体系

应将强化制度供给作为首要突破口，以《中华人民共和国著作权法》《中华人民共和国著作权法实施条例》提供的基础法律制度为指引，在尊重既有立法特点的前提下，专门针对网络文学作品版权保护的重点问题制定评判标准细化、便于操作的规范性文件，同时重视行业准则、从业者自律公约、行业合同示范文本、技术标准等"下沉"规范的建设，将各类上位规范背后体现的价值观和利益调整规则转化、分解为行业主体自愿遵守的共赢手段，最终形成"基础性制度引领、操作性制度支撑、功能性制度哺育"，多层次、多维度的网络文学版权制度体系。

此外，应在强化制度供给的基础上，从源头入手，建立符合产业运行逻辑、打通产业链各段、可持续迭代更新的主动版权治理体系。具体而言，应按照"创作及权属治理—元数据治理—权利许可治理—收益分配治理—责任治理"的逻辑进路，从源头尽可能理顺版权法律关系，降低网络文学作品版权产生、运用、保护各段可能积累的矛盾和风险，最终实现版权生态系统的良性运转。对于已发生的网络文学作品版权纠纷，应在细化司法裁判标准的同时，积极设置调解、仲裁、诉讼相结

合的多元化纠纷解决机制，避免版权治理"只堵不疏"、权利人与使用者利益均难以合理兑现的情况。

（二）内容治理与版权治理联动互促

在立法、司法和行业自治层面已经对抄袭和盗版采取颇多措施、制度机制趋近饱和的情况下，应适当转变治理思路，将目光从传播与消费端转向生产端，建立内容治理与版权治理联动互促的良性循环。一方面，应从内容侧入手，鼓励建立政府指导、行业主导、公众参与的网络文学评论和评价体系，建立维度多元、领域细分的行业评奖机制，逐渐改变"流量为王"的作品推广和消费模式，缓和作品创作的同质化局面，间接降低抄袭行为的规模效益。另一方面，应从版权侧入手，根据网络文学作品自身的信息负载与流通特性，通过强化版权技术保护措施、建立黑白名单系统、加强从业者自律等方式提高抄袭和盗版的经济和舆论成本，从源头降低抄袭或盗版行为的发生。与此同时，应注重网络文学读者群体"二次创作"或"亚文化"分享的现实需求，明确、细化网络文学场景下著作权限制与例外的适用与认定标准，建立可满足读者与原作者合法、合规互动的场域渠道，将可能的抄袭、侵权行为转化为权利人变现与读者情绪价值同时满足的共赢行为。

（三）调整许可秩序、平衡利益分配

改善我国网络文学产业的版权许可及利益分配格局应从两个路径入手。一方面，应增强创作者群体的市场谈判地位和群体协作意识。依托行业协会、著作权集体管理组织等单位实现创作者群体联合自治。在尊重市场经济和交易自由的原则下，强化对平台提供制式合同文本的行业监督，避免平台通过合同条款规避甚至突破著作权法强制性规范约束获取利益。利用集体谈判、行业协商、政府指导等方式增强创作者与平台签署合约时的谈判能力，在作者人身权、作品归属、权利许可或转让、合同解除条件等关键条款上弱化平台对作者的捆绑，为原创作者争取更多的话语空间；与此同时，亦应通过集体谈判、政府指导等方式丰富版权许可定价标准、细化版税分配方式，摆脱以相对粗糙的"买断""固定期限收益""比例分成"等方式进行利益分配的格局，并增加原创作者对后续IP衍生品开发的创意参与权和收益获得权，加强原作者对版权收益链条的控制。另一方面，应充分利用现有成熟技术，实现多元使用场景复杂版权许可链条的精准化管理和对应版权收益的高效分配，由此使企业意识到规模化、精准化、长链条的版税收益核算和分配具备现实可操作性，且成本可控，从而打消其相应顾虑，使其看到长期主义式版权营销的优势。

（四）强化版权信息与使用数据管理

应加强版权相关数据的管理与流通，提高版权生态系统的运行效率和稳定性。基础层面，可以政府指导、行业协会牵头、企业建设的方式，建立中立、统一的网络文学作品版权权属信息、版权许可信息、作品使用信息的管理与流通标准，并建立第三方版权交易数据托管与查证平台，为打通上述三类信息间的流通壁垒提供系统的运行框架和可操作的实施标准。应用层面，应充分利用区块链[12]、人工智能等技术为版权元数据与作品使用数据的流通、跟踪提供技术支撑，切实增强版权信息与使用数据的可信度，提高相关数据的统计准确性，使网络文学作品的版权精准化管理成为可能。此外，针对网络文学作品的自身特点，应将版权技术保护措施和数据管理相结合，提升各主体对法律行为后果的评估能力，进一步释放版权法及各类规范的制度潜能，降低争议解决成本。

结语

我国网络文学产业有着自身独特的发展历史、产业结构和版权生态。网络文学产业的版权问题，绝非仅靠单纯的"维权"和"判赔"震慑即能解决。只有整个网络文学产业在内容供给、传播和消费各端的利益关系均被理顺，且可以形成良性互动，才能从根本上摆脱我国网络文学产业面临的各类版权困境。应当看到，良好版权生态的构建本身不是目的，其最终是为实现"以版权治理带动产业治理"，在维护网络文学作品交易秩序的基础上，保障各参与主体的劳动价值得到认可，创造的文化意义可被护育，进而促进社会发展与人类进步。本文提出的"版权生态观"视角下的综合治理思路，恰是为完成上述任务提供一种参考，也期待后续研究者可在此基础上提供更多创见、作出更多贡献。

参考文献

[1] 中国社会科学院文学研究所. 2023 年中国网络文学发展研究报告 [EB/OL]. (2024-02-27)[2024-06-16]. http://literature.cass.cn/xjdt/lbt/202402/t20240229_5735756.shtml.

[2] 何弘. 中国网络文学发展现状探析 [J]. 人民论坛，2020(21):132–134.

[3] 宫丽颖，纪红艳. 网络文学平台多元化资本运营探究 [J]. 中国出版，2018(12):43–47.

[4] 虞婧.《2023 中国网络文学出海趋势报告》发布：网文 IP 全球圈粉 [EB/OL].(2023-12-07)[2024-06-16]. https://mp.weixin.qq.com/s/Dx6g7Dj_LS5ZQD3TNOMN4A.

[5] 刘玲武，曹念童. 网络文学版权治理困境及版权制度应对刍议 [J]. 出版与印刷，2023(4):28–37.

[6] 樊飞燕，韩顺法. 从产业链角度分析网络文学版权保护问题 [J]. 电子知识产权，2016(4):19–24.

[7] 林刘玄，章剑飞. IP 时代网络文学版权司法救济机制 [J]. 中国出版，2017(15):53–56.

[8] 洪乐为. 网络文学版权保护中的"法律与技术"命题：基于抄袭问题的法理探析 [J]. 中国出版，2019(9):59–62.

[9] 孟隋. 论我国网络文学的"低版权优势" [J]. 教育传媒研究，2017(1):78–82.

[10] 李小侠，孟俊艳.网络文学作品融梗行为的侵权认定[J].信阳师范学院学报(哲学社会科学版)，2022，42(2):23-27，119.

[11] 邢赛兵,俞锋.网络文学版权利益分配失衡成因与规制:基于版权格式合同的分析[J].中国出版，2022(20):63-67.

[12] 张辉，王柳.区块链下网络文学版权保护问题研究[J].法学论坛，2021，36(6):114-120.

网络文学的媒介转型
——从网络文学的"源起论争"说起

| 李梦菲
| 中华女子学院

在蓬勃发展的网络文艺样态中,网络文学以丰富的文本和活跃的话题生产力,成为极富代表性的一支。近年来,网络文学不仅以"文字"为人所熟知,更是走向影视、游戏等多个领域。在变换迅速且纷繁复杂的发展状态下,学界对网络文学的研究逐渐从"分析现象"过渡到"探索本质"。其中,自2020年底开始的网络文学"源起论争"便是热点之一。在相关讨论中,"网生说"[1]从互联网载体和技术层面,追溯网络技术与汉语文学的初次相遇;"现象说"[2]以网站和作品为标志,以体制的认可作为网络文学起点;"论坛说"[3]则把重点放在论坛促进故事生产的动力机制层面。以上说法虽均涉及"网络文学源起"的助力因素,却都无法单独支撑"网络文学"这一概念整体。

网络文学诞生于新旧媒介交汇处,追溯其源起对理解当代网络文化有着深远意义。以上说法各有拥趸,但作为文学与网络共同孕育的概念,"网络文学"的生长离不开多种力量共同作用,而"媒介"则是其绕不开的根本。学者许苗苗提出的"媒介转型"观点为网络文学源起问题提供了新线索,其专著《网络文学的媒介转型》关注"网络小说"本身及其变体,详细剖析其在不同媒介中的转型过程。书中完整论述了作为媒介依附性概念的网络文学的诞生、发展和转变,指出在当前媒介技术空前飞跃并深度参与文化塑造的时代，讨论文学不可忽视媒介角度。从媒介角度把握网络文学发展脉络，能够凸显其相对于传统文学的独立性。

驱动力量：网络文学的动态发展

网络文学自起源之日就依附于网络媒介的力量，在转型中走入大众的审美视野。然而，其内容、形式、概念等变迁不由单个因素推动，在以媒介变换为中心的转型历程中，还包含错综复杂的其他驱动力量及博弈机制。如果将网络文学置于整体的社会文化语境之中，会发现其时刻处于变动不居的发展之中，网络文学的流动性是技术、制度和资本相互协调作用的结果。

（一）技术：网络文学形式的突破

在网络文学发展的过程中，技术更新是最直接的推动力量，因为网络文学与以往文学作品最根本的不同，在于依托网络传播而非文学本身。从早期邮件列表到网刊群发，再到 BBS 论坛、文学站点和博客，最后到商业性文学网站，网络文学的表现形式和文体紧密跟随网络技术的变化而变化，虽然这些载体上的文字当前被统称为"网络文学"，但其形式和篇幅并非一成不变。早期的邮件列表转发和论坛中，网络文学流行偏重个人感悟的"极短篇"；以"歧路花园""妙缪庙"为代表的"数位诗"站点则引用超链接和多媒体技术，程序设计与互联网的结合使其呈现无法印刷的立体结构；[4] BBS 论坛、文学站点和博客讲求连载形式，故事情节跌宕、表达通俗的青春文学受到读者的极大欢迎，因此网络文学逐渐从不适宜登上纸媒的短篇和形式大于内容的多媒体诗歌发展成为长篇类型小说，随之而来的便是媒介转型。后来，随着微博用户群迅速扩大，在微博平台进行小说写作成为潮流。微博平台具有发文字数限制，于是以张嘉佳为代表的网络写手打破网络文学的长篇格局,选择发表多篇小故事来组成一个整体作品。随着手机阅读移动终端的兴起,当前阅读终端屏幕越发窄小,技术的变革又一次带来"微时代"超短篇网文热潮,促进网络文学变体的生成。

(二)资本:网络文学趣味的转变

在中国网络文学的存续方面,资本力量由隐到显,极大影响着网络文学的类型、面貌和趣味取向。在这个过程中,网络文学得以摆脱向传统文学学习的心态,由迎合编辑转向满足大众阅读兴趣。网络文学作者从读者的留言反馈中确定自己下一步的写作方向,有些作者甚至根据读者喜好,为其"量身定制",将读者想法加入写作大纲之中,在写作中修改和更新故事发展方向,以便抓住读者眼球,获得更多订阅;众多网站有意识培育消费习惯,逐渐形成连载、订阅、打赏的收费模式,推动网络文学向商业化、规范化的文化产业建构;而互联网资本运用"作家富豪榜"和作品经典化等系列手段,将原本无法和作家群体相提并论的"网络写手"塑造成"网络作家",甚至进一步成为有明星色彩的"大神"。资本的加入使网络文学从无功利的消遣发展成盈利的产业,曾经形式多样、内涵多元的"网络文学"逐渐被简化和替代为更具商业性的通俗长篇"网文"。类型小说和全媒体IP开发使人们"不再将过多注意力放在文本本身,而转向其文化生产能力、对流行话题的开拓引领以及价值增值方面"。[5]

对传统纸媒文学来说,过于庞大的篇幅会提高发行和存储成本,因此"大部头"并非优势而是风险。但对网络小说而言,"边写边发表"的形式能够持续吸引读者,所以无限续更的情节反而成为维持和巩固读者的良方,在此过程中,网文筛选出更加坚定的受众群体,并刺激受众养成付费习惯,为平台带来长期收益。此外,资本推动网络文学线下出版印刷，向网游、影音领域出售版权取得成果转化，在利益最大化的规则下，网络文学的创作更偏向于"制造爽点"以引导观众消费，将原著的情节简化删改，留下最具有冲突性的部分，以此换取注意力经济，网络文学在这一过程中脱离了作者最初的意愿。因此，尽管网络文学被媒体称为"网民的选择"，其背后却被数据和流量资本所把控。

（三）制度：网络文学兴衰的把控

我国的出版制度和文化监管措施则在相对隐形的层面发挥作用。早期对新媒介内容的态度宽容，将网络文学看作通俗出版物缺口的补充，给予其较大发展空间。各级作协吸纳网络作者，鲁迅文学院连续组织"网络文学作家培训班"，系统化指导培训网络作者等，透露出体制内文学团体的认可；政策扶持和推优评选则提高了网络文学的知名度和社会评价。然而，随着商业化深入，一些质量低劣、内容庸俗的网络作品也逐渐暴露出来，从而引发监管部门的重点整顿，如2014年开始的"净网专项行动"整顿"91熊猫看书网""烟雨红尘小说网""翠微居小说网""新浪读书"等网站，严格管控网文内容，通过设置敏感词库、加强审读机制，集中下架具有低俗色情描写和争议性话题的网文，促使网络文学在意识形态规范和商业利益保障之间摸索权衡。慢慢地，网络文学逐渐向不指涉、不追究、纯幻想、纯娱乐的"玄幻、穿越"题材，以及简单轻快、话题保险的"小白文、正能量"倾斜；而近年又出现大批为响应主题征文而作的"现实题材"网络文学。在制度的强力塑造下，网络文学面貌再度发生了转变。

媒介创新、资本推广和制度规范三者相辅相成又互相牵制，不断塑造着网络文学的面貌。资本支持技术创新，新技术又可能反过来淘汰旧的资本盈利模式，[6]二者合力作用虽能快速外显于网络文学，但又容易因盲目逐利导致产业方向偏差，此时需要制度发挥整体调节作用，既鼓励技术发展和资本增值，又在宏观层面保证文化产品承担一定社会责任，弘扬正确价值观。

核心动力：从五次媒介转型回溯网络文学的源头

依据时间脉络还原历史现场，会发现网络文学在媒介中的转型，正是锚定其源起的关键性标识。根据现有研究，网络文学发展史中共有五次与媒介相关的转型，分别是"文学上网""第一次纸媒转型""第二次纸媒转型""全媒体转型"和"新技术转型"。

（一）从"文学上网"到"第一次纸媒转型"

1995—2000年，我国互联网的兴起带来了广阔的媒介文化空间，不同文化艺术形式进入网络平台，开始寻找新的发展契机。这一阶段是"文学上网时期"。以《华夏文摘》（1991年）、"新语丝"（1994年）、"花招"（1996年）、"榕树下"（1997年）为代表的一批文学论坛、网刊及文学网站兴起，为长期以来苦于无处发表作品的文学爱好者开创了新园地。1999年底，由"榕树下""网易"等平台主办的两场大型原创网络文学赛事更将网络上的文学作品引入流行文化视野，使之以"青春文学"面貌为大众所知。民间长期受制于印刷媒体审读机制的创作和言说欲望，被新媒体的可能性点燃，文学爱好者开始在网络阵地展开幻想式的狂欢[7]。然而，这些早期网络文学平台虽然栖身新媒介，大多数对标纸质媒体，将期刊编审搬到线上，把遴选的网站精品推荐发表。可见，此时的"文学上网"只是媒介表现形式的转换，并未呈现真正的网络自主性，印刷标准是新媒介文学自我规约的依据。

"文学上网"以及早期网络作品《第一次的亲密接触》成为畅销书后的示范效应，推动了网络文学"第一次纸媒转型"。网站热衷精选集，出版社编辑也开始在网上寻找新题材。然而，下网成书意味着网络文学失去网民积极参与的新媒介语境，符号文字相夹杂的短句和过于日常的情节印成铅字后，难以支撑人们对"书"的期待。蜂拥而上的网络文学出版热潮，短暂兴盛后便匆匆收尾。许苗苗指出："《第一次的亲密接触》效应很大程度上是新媒介技术、大众媒体、文化产业联手打造消费文化符号的结果。"[8] 尽管尴尬收场，但这次转型也明确了不同媒介的特点与区别，为未来文学跨媒介发展提供有益的经验。

（二）纸媒转型的二次尝试与多媒体融合联动

在单向度纸媒转型失败后，文学网站将重心放在对新媒体受众的培养方面。从起点中文网开始，在线付费阅读成为文学网站又一次尝试。通过对读者付费习惯和忠诚度的培养，读者—作者的主次关系逐渐转变为朋友、家人甚至群体—代言人的情感联结，也成为后续网络文艺中"粉丝经济"的雏形。网络文学主流作品也从短篇转变为任务连贯、主线鲜明的超长篇"类型文"。同时，网络文学再次向传统印刷出版领域探索，借类型小说满足通俗文学本土阅读需求，找到了网络创作和纸媒通俗文学的融汇点。这在书中称为"第二次纸媒转型"，它既有网络文学的蓬勃作为基础，又是出版社积极转型和锐意革新的结果。[9] 值得注意的是，截至此时，网络仍只是文学载体，未完全发挥其独特的媒介优势。与第二次纸媒转型同步的是多种媒介的融合联动，这一趋势在全媒体转型阶段得到进一步彰显。影视剧改编是从网络文学初始阶段就被赋予极大希望的媒介转型方式。随着网络文学作品篇幅变长、体量膨胀，2007年前后，文学网站尝试把这一概念经营成产业，规划作品的细分赛道。将戏剧性强、主题突出的作品输送给影视公司，为其提供原创故事成为网络文学的又一种媒介转型方式。在游戏改编中，网游和网文具备天然亲缘。网络文学的游戏性使其成为在线游戏的主要文本来源，知名游戏也多有玩家围绕情节再次创作，诞生了"游戏网文"这一新类型。

"新技术转型"阐明在网络文学文体、形式和表现方式的数度变化中，除商业、政策等外部原因的推进，也离不开互联网自身的技术变革。通过梳理网络文学平台的变革，许苗苗指出新技术转型势在必行，阅读终端的更迭强势推动文学创作、表现、互动性的变化更新。

（三）网络文学媒介转型的三种类别

网络文学的五次转型可从媒介角度划分为三类。第一类即与印刷媒介之间的往复转型，从文学上网到向期刊回归，通过对文学观念的再认识凸显媒介对文学的重要性，暴露媒介对"文学"生成的决定性，探索了印刷媒介与电子、网络媒介等的边界。第二类可视为"文学"在摆脱与纸笔的纠缠之后全力探索新媒介优势。类型化创作、运营机制的开发充分利用互联网媒介双向、即时、跨时空的优势，将重心放在网络内部，也促成传统纸媒和网络文学的双向互动。第三次媒介转型以开发创造力的故事生产和寻找收入点的知识产权（IP）为纽带，辅以终端技术的突破创新，最终使网络文学发展为全媒体联动。相互渗透又接续缠绕的转型模式，使我们认识到当代文化现象生成的复杂性。因此，在网络文学的源起问题中，媒介转型的思路提供了更全面的角度。

我们不妨重新审视网络文学的"源起论争"。"网生说""现象说""论坛说"这三种论调所依凭的技术、现象和论坛生产机制等，虽然都是早期酝酿网络文学的关键因素，却都无法单独支撑概念整体。当然，新文学现象的发生场域中力量驳杂，仅从媒介角度也无法囊括其渊源，还需涉及更多元、更全面的分析。

结合媒介转型和驱动力量综合考虑，许苗苗提出在探究网络文学源起过程中，可以将20世纪90年代语境作为整体出发点，将2000年作为网络文学的起点。这一年，新兴科技公司和互联网公司从技术和资本的角度，为"网络文学"贴上集时尚、科技、青春为一体的潮流标签，成为新媒介的大众流行文学形式。因此，相比2000年前"文学上网"时期唯印刷规则至上的生态迈出了跨越性的一步。从制度和政策来看，在2000年我国加入世贸组织后，较为宽松的出版政策和审查制度引发各大文学网站集中推出系列网络文学纸质读物，传统文学杂志也为网络文学留出版面，社会大环境和主流媒体对网络文学呈现前所未有的接纳态度。此外，2000年后网络文学还被编写进教材，明确其价值和独立性。在技术、资本、制度等方面，网络文学引发了旧有媒介控制模式的松动。因此，当媒介转型完成，才能谈论网络文学的起点。

网络给予文学的新契机

网络文学的起源问题只是其媒介转型中的一个节点，当我们从媒介角度关注中国网络文学，会发现媒介变迁语境下的文学面临更多话题。在新媒介中诞生的文学，其生产主体和文学价值及权力表达方式上都较纸媒有创新性的变化。对网络新文学诉求的讨论同样出现在许苗苗的论述中。从"作者概念在媒体中的变迁"和"网络文学的游戏逻辑"两个方面，可进一步从网络文学的本质问题发散开来，进入对作品—作家—读者关系的讨论。此外，网络文学研究应从"大视野"出发，不仅关注网络原创作品文本，还要看到作为文学资源的传统经典在网络时代的新变化。以《红楼梦》在互联网上的传播、引发的同人创作等为个案，可窥见网络时代大众对传统文学的接受、继承和创造性转化。

（一）作者变迁与游戏逻辑

在文学发展史上，几乎每一个媒介变迁会引发"作者之死"的担忧。互联网开放、互动的媒介性质和集体参与的写作现象更挑战人们长期以来形成的有关文学唯一固定作者、权威不变版本等信念。通过梳理"作者"的历史生成,该书指出所谓"个体作者"是随着书面文字和印刷品权威的加强、知识产权法规的明确而确立的[10]。在网络文学的实践中,作者不再局限于"个人",而成为文学生产的类的概念。更进一步说,网络文学是流动中的事件,而非稳定不容变更的铅字。在网络创作过程中,读者、作者的互动和回应共同构成整体,这才是完整的网络文学。因此,作者的概念随着网络时代的到来而模糊。从文本、故事、作品本身来理解网络文学,用"风格"和"文学性"等观念巩固"唯一作者"的做法,实际上是受到了印刷文学观念的制约,并不适用于新的媒介文艺。

有关网络小说游戏逻辑的讨论,也是和传统小说相比照而言的。网生一代对网络游戏的经验被迁移到文学作品中,通过借用"金手指""开挂"等网游术语,以穿越重生等虚拟场景架构起网络文学故事的世界观,刻意剥离与现实的关联,这是网络一代对"客观理性"因果律的偏离和对游戏虚拟场景里受控且有机会全盘重来的人为逻辑的认同[11]。游戏逻辑和网文写作中的互动性共同赋予网络文学一种抵抗性质,在面对复杂社会现实和权威话语体系时,网络文学借由自身变动性的优势试图游离出资本控制,呈现自身的媒介特色,也投射出网民特有的媒介经验及被新媒介塑造的人生态度。

"作者概念的变迁"和"网络文学的游戏逻辑"是互联网新时代文学中出现的新特点,而意义深刻、价值隽永的古典文学作品,在互联网媒介上以何种形态存在?那些被认为具备经典性、权威性,甚至外行不容置喙的传统文化经典,在言人人殊的网络上又会遇到何种解读?针对这些问题,通过梳理《红楼梦》的媒介转型之路,可以揭示出文学作品在不同媒介时代的命运。从手抄本到印刷和刊刻,是《红楼梦》的第一次媒介转型,它从此在书本中固定下来,广泛传播并引发了版本考据等争议。在印刷文化时代,《红楼梦》的媒介形式日渐多样,拥有图画、戏曲、广播剧和影视剧等。手抄本阶段的《红楼梦》有着作者身份混淆、真实意见不明确等早期小说特征，模糊和不确定性也是其生命力强大的原因。然而，印刷媒介要求版本明确、唯一，因此印刷文化体系中的《红楼梦》一直追求权威定版，存在排他性和固定性等需求。到了网络时代，《红楼梦》迎来了又一次媒介转型，原作上网、网络原创、主题论坛和跨媒体互动是其在新媒介上传播的几种形式。《红楼梦》不仅可以被随时随地阅读，按照人物、关键词检索等，还成为网民发散性文学创作的原型，发展出以原著为基础的同人文、穿越文、重生文等。在主题论坛上，网民们活跃的讨论将《红楼梦》变成一个公众话题，延伸扩散了其本身作为小说的意义和内涵。同时，互联网平台汇集以往各类媒体的展示方式，将不同形式的《红楼梦》打通传播，线上线下的联动在文学经典的传承和发扬中起到重要作用。网络时代多向互动的传播模式消解了印刷版《红楼梦》权威中心的话语权，网络读者争相建言的能动性行为，使这部古老的文学经典成为新媒介中的生产的多中心动态对象，以动态生长的形式在网络中获得新阐释。

（二）生产性媒介与新媒介经验

值得注意的是，不仅原作可作为网络时代文学媒介转型的经典案例，《红楼梦》的网络衍生同人文也同样具有研究价值，其展示了文学经典在参与性的新媒介中，如何获得大众文化的解读和再生产。从形式上看，网络红楼同人的情节想象力丰富，涉及穿越、重生、武侠、奇幻等多个类目，网民以"游戏逻辑"赋予书中人物以重生的智慧、高屋建瓴的眼光和健康的体魄。然而，这些同人文的创作主题却较为一致，黛玉的爱情、庶子的逆袭、家族的振兴是最热门的创作方向。可见，在对《红楼梦》这一巨大文化主题的改写阐发中，网络作者受青春阅读影响，将青年人最关注的爱情和事业两个方面，同样投射到红楼梦同人的创作中。作为网民的情感产物，同人文中黛玉的爱情牵连着对挣脱封建社会关系的渴望，寄托了女性平等和自主的恋爱观点；贾环的庶子逆袭则契合网民对普通人成为英雄的传奇性想象。网民的选择和资本的引导共同塑造了红楼同人的面貌，反映出网络时代读者的真实心态和审美选择。另外，网络同人写作中难免有简化思路、煽情情节和道法团圆结局等通俗小说的类型特点，作为网络自发创作的一部分，红楼同人也没有超越这一规律。

由此，《红楼梦》在中国互联网上的命运可以看出评判文学经典的又一个维度，在通常所遵循的思想性、艺术性之外，一部作品之所以能够被看作经典，是因为它具备强大的媒介适应性，它必然具备某些跨时代、跨文化、跨媒介的品质。网络上的传播不仅扩大了印刷时代的读者群，网民生产性、创造性的话语实践还挖掘出不同文化群体的丰富解读，反映了不同媒介形态中读者的情感需求和审美偏好，赋予传统文学作品在印刷时代未曾实现的多重阐释。文学经典在网络中被激发出更鲜活的意义生产，体现出跨越媒介的生命力。

结语

以学者许苗苗的观点为方法论，从媒介角度看待文学实践、发展文学理论的契机，为当前探索众多新文艺形式提供新视角。所谓"媒介转型"必然包含着"断裂""质变"等含义，但并不意味着它就是一种进化论式的、递进式的演变，它强调的是时代环境和新媒介带给社会经济文化的本质性变化。因此，媒介转型视野不仅适用于网络文学，也同样适用于单口喜剧、微短剧等其他新媒介文艺类型。

在互联网，一个点的微小变革可能引起全社会青年人的效仿，进而融入社会文化的大潮，成为整个时代的特征[12]。从网络文学的演变入手观察，能理解并把握整个网络文艺领域的兴起路径。这对还原、认识、剖析网络社会文化现象及其传统源流和社会发展史，有着见微知著的功效。

―――― 参考文献 ――――

[1] 欧阳友权.哪里才是中国网络文学的起点[N].文艺报，2021-02-26(2).
[2] 马季.一个时代的文学坐标：中国网络文学缘起之我见[N].文艺报，2021-05-12(2).
[3] 邵燕君，吉云飞.为什么说中国网络文学的起始点是金庸客栈？[N].文艺报，2020-11-06(2).
[4] 许苗苗.如何谈论中国网络文学起点：媒介转型及其完成[J].当代文坛，2022(2):38–46.
[5] 许苗苗.网络文学的媒介转型[M].北京：中国社会科学出版社，2021.
[6] 许苗苗.网络文学：驱动力量及其博弈制衡[J].厦门大学学报(哲学社会科学版)，2015(2):22–28.
[7] 许苗苗.网络文学的媒介转型[M].北京：中国社会科学出版社，2021:18.
[8] 许苗苗.网络文学的媒介转型[M].北京：中国社会科学出版社，2021:63.
[9] 许苗苗.网络文学的媒介转型[M].北京：中国社会科学出版社，2021:24.
[10] 许苗苗.网络文学的媒介转型[M].北京：中国社会科学出版社，2021:205.
[11] 许苗苗.网络文学的媒介转型[M].北京：中国社会科学出版社，2021:221.
[12] 许苗苗.网络文学的媒介转型[M].北京：中国社会科学出版社，2021:43.